ムーンスペル!!
あの日と同じ月の下で

クラウスたちは兵士をなぎ倒し、突き進む——

『月音《ムーンソロウ》』――クラウスの詠唱が静かに力強く流れる。
月の光が、その輝きを増した……

ムーンスペル!!

あの日と同じ月の下で

1226

尼野ゆたか

富士見ファンタジア文庫

152-5

口絵・本文イラスト　ひじりるか

目次

序章　翼《つばさ》　Wings

コティペルト王国は、他の専制《せんせい》国家と比較《ひかく》して、いわゆる貴族《きぞく》階級の有する権力《けんりょく》が弱い。家系《かけい》による役職《やくしょく》の世襲《せしゅう》こそ存在《そんざい》するものの、すべての統率《とうそつ》権・支配《しはい》権・決定権は国王へと収束《しゅうそく》しているのだ。

理想的な形ではあるが、維持《いじ》するのは大変に難《むずか》しい。現実《げんじつ》に、コティペルト王国でもかつては国王以外の一族が権勢《けんせい》を壟断《ろうだん》した時期があった。前期と後期に分割《ぶんかつ》される貴族時代がそれである。

「第二の国王」と呼ばれたピーター・オー・スチーレに始まり、ジェラルド・ユーズ・ウエイルとバートン・マイケミン・マクラークによる二頭政治《せいじ》を経《へ》て、アンドレ・パシコスキ・トルネやオーラフ・スタンシューユを筆頭にした卓子《たくし》会議時代へと連なる歴史的潮流《ちょうりゅう》は、コティペルト王国の王室を政治の表舞台《ぶたい》から一時的に追いやった。

しかし、王族達は諦《あきら》めず、いわゆる『ライブシト・ビンジパージの政変』により、コテイペルト一族は貴族の大部分を粛清《しゅくせい》ないし追放し再《ふたた》び権力をその手に取り返すことに成功。その後の制度《せいど》の拡充《かくじゅう》により自身の地位を揺《ゆ》るぎないものへと変えた。

　こうして完全な意味での中央集権国家を成立させたコティペルト王国だったが、しかしそれでも国家の全《すべ》てを掌中《しょうちゅう》に収《おさ》めることはできなかった。

　国民が等しく財産《ざいさん》を所有することが可能《かのう》なことは法で認められている。それは、例えばパブの経営者や王国詠唱士志《えいしょうしし》望《ぼう》者のような市井《しせい》の人間から、国政の重要な決定に関《かか》わる位置にいる人間まで全て同じである。

しかし、おのずとその経済《けいざい》力には差がつくわけで、社会の上層《じょうそう》部に富《とみ》が集中する、という事態《じたい》が発生した。

　裏通り《スキッドロウ》に代表される貧民《ひんみん》街の存在がそれを裏付《うらづ》けている。国民は法と王の下《もと》に平等だというのが一応《いちおう》の建前《たてまえ》なのだが、必ずしもそういうわけではないのだ。

　富の蓄積手段《ちくせきしゅだん》はさまざまで、衣服食事に贅《ぜい》をこらす者もいれば、高価《こうか》な美術《びじゅつ》品や骨董《こっとう》品の蒐集《しゅうしゅう》に財を注入する者、複数《ふくすう》の女を囲い後宮のごときものを作り上げる者もいた。

　そんな中、位人臣を極《きわ》めたとごく最近までみなされていたウッド・ハリース・スモールロッドは、大変地味で質素《しっそ》な暮《く》らしぶりでつとに有名だった。

地位を示《しめ》すブライアン帽《ぼう》を除《のぞ》けば、ごくごく簡素《かんそ》なものしか身に着けなかったし、贅沢《ぜいたく》品や女に興味《きょうみ》を示すこともなかった。本人の言を借りるなら、「心も命も生涯《しょうがい》も国政に捧《ささ》げた」ということらしく、静養するために求めた地方の閑静《かんせい》な土地以外にはさしたる私財《しざい》さえ持たず、「君子の手本」とさえ称《しょう》され、その名声は王国の内外に響《ひび》いていた。

——彼が、国王に背《そむ》きその命を狙《ねら》った罪《つみ》で第一級国際《こくさい》指名手配を受けることになるまでは。

「……分からぬものだな」

雨が窓《まど》に激《はげ》しく打ち付ける音が響く部屋の中で、ウッドはひとりごちた。

栄枯盛衰《えいこせいすい》、とでも言おうか。自身の凋落《ちょうらく》の激《はげ》しさに、他人事《ひとごと》であるかのような感銘《かんめい》を受けてしまう。

それまではコティペルト王国を代表する名士だったというのに、今や王国のみならず他国からも追われる重犯罪人《はんざいにん》。たった一度の失敗で、人生をかけて築《きず》き上げてきた全てを失ってしまったのだ。

しかし、ウッドの中に焦《あせ》りやそれに類する感情《かんじょう》は存在していなかった。自分でも不気味なほど、余裕《よゆう》に満ち溢《あふ》れている。

伸《の》ばした髭《ひげ》を撫《な》でる。頭では、様々な方策《ほうさく》が組み立てられていた。協力者との連絡《れんらく》手段。追跡《ついせき》の手から身を隠《かく》し続ける方法。起死回生の秘策《ひさく》。考えるべきことは幾《いく》らでもある。

まだ諦めてはいない。生涯を賭《か》けて狙った国家の最高権力者という地位は、この不利極まりない状況《じょうきょう》にあってなお彼を魅了《みりょう》していた。

雨音に混《ま》じって、がちゃりと扉《とびら》が開かれる音がウッドの耳に飛び込《こ》んでくる。

「誰《だれ》か」

「わたくしめにございます、ウッド殿《どの》」

低く、落ち着いた声。人格《じんかく》の成熟《せいじゅく》を感じさせるように聞こえるが、しかしウッドにはその根底に秘められた野心と狂性《きょうせい》も同時に伝わっていた。

「ダークか」

現時点ではどうでもいいことである。今のウッドには彼の力が必要であり、今の彼にはウッドの力が必要なのだ。利用するだけ利用してから、その後の処置《しょち》をゆっくりと考えればいい。

「何の用だ」

この男を御《ぎょ》することは難しいだろう。しかし、重ねた齢《よわい》と経験《けいけん》はそのことが可能だとウッドに告げていた。

「研究の途中経過《とちゅうけいか》をご覧《らん》にいれたく思い、参上仕《つかまつ》った次第《しだい》であります」

言いながら、部屋に入ってきた男――ダーク・ムーアはその場に膝《ひざ》をついた。

額《ひたい》に刻《きざ》み込まれた魔術紋様《まじゅつもんよう》が目を引く。犯罪者の証《あかし》であるそれを、この男は初めて会ったときから隠すこともなくいつでも衆目《しゅうもく》に晒《さら》していた。

「途中経過か」

「ええ。未《いま》だ完成には至《いた》っておりませんが、ある程度《ていど》の形にはなったかと」

ダークが、落ち着いた口調で言う。

その言葉からは、驕《おご》りも、見栄《みえ》も、不安も、おおよそ人間らしさを形成する全《すべ》ての要素《ようそ》が抜《ぬ》け落ちていた。

ウッドは思う。――この男は、少なくともウッドに対してあらゆる人間的なやりとりを必要としていない。つまり、ウッドは研究を行うために必要なだけの存在《そんざい》だということだ。

好都合といえば好都合である。ウッドにとっても、ダークは突然現《とつぜんあらわ》れた素性《すじょう》の知れない研究者にしか過《す》ぎない。用が済《す》めば、場合によっては消すことも視野《しや》に入れている。懐《なつ》かれては面倒《めんどう》だというものだろう。

「そうか。では見せてもらおう」

「かしこまりました」

ダークは立ち上がると、部屋から出た。

その後ろについて歩きながら、ウッドは考える。

この男の発明とやらは、実際《じっさい》使えるものが多数ある。いい腕《うで》を持っているということだ。

しかし、今ダークが取り組んでいる発明――現在《げんざい》の状況を打破《だは》しうるという発明の実効《じっこう》性には半信半疑《はんしんはんぎ》だった。

果たして、一発逆転《ぎゃくてん》を成し遂《と》げるだけの効果を持っているのだろうか。期待せざるを得ないのは分かっているが、不安を感じずにはいられなかった。


その部屋は薄暗《うすぐら》かった。まるで、長い時間をかけて積み重ねられた何かが澱《よど》んでいるような、そんな錯覚《さっかく》をおぼえる。

「ダナ。準備《じゅんび》を。実験をウッド様のお目にかけるぞ」

「かしこまりました」

闇《やみ》の中から、返事が聞こえてきた。ダークの助手だという女のものだろう。以前は別の女がダークの側《そば》にいたのだが、夏に研究所が襲撃《しゅうげき》された時負傷《ふしょう》したということで、入れ替《か》わっている。

入れ替わると告げられ、情報《じょうほう》の漏洩《ろうえい》を危惧《きぐ》するウッドに、ダークは笑ってみせたものだ――同じようなものだから心配はいらない、と。

『黒に相対するは白、闇に相対するは光。叡智《えいち》溢《あふ》る光にて、いざ我《わ》が周りの漆黒《しっこく》を照らし出さん。白光招起《びゃっこうしょうき》、百光称貴《ひゃっこうしょうき》』

助手の声で点灯詠唱《ホーリーライト》が唱えられ、部屋が明るくなる。

それでも堆積《たいせき》している目に見えない何かが吹《ふ》き払《はら》われないことに一抹《いちまつ》の不気味さを感じつつ、ウッドは部屋の中を改めて見回した。

そして絶句《ぜっく》する。部屋の中央に、異様《いよう》なものが鎮座《ちんざ》していたのだ。

液体《えきたい》で満たされた透明《とうめい》の筒《つつ》の中に、一糸まとわぬ姿《すがた》の少女が浮《う》かんでいる。

ありのままに描写《びょうしゃ》するなら、そうなるだろう。

ウッドの長い人生においても、これほどまでに奇妙《きみょう》な物は見たことがなかった。

水の中にいるにもかかわらず、少女は息苦しそうな様子がなかった。静かに目を閉《と》じたその様は、まるで眠《ねむ》っているかのようである。

美しい金色の髪《かみ》は、液体の中に広がりたゆたっていた。風にそよぐ木の葉のように、ゆっくりと動いている。

筒には、縦横無尽《じゅうおうむじん》に太い鎖《くさり》が巻《ま》き付いていた。中にいる少女を、封《ふう》じ込めるかのごとく。

あまりに神秘《しんぴ》的で、あまりに近寄《ちかよ》りがたく、同時になぜか果てのない暗黒を表現《ひょうげん》した光景。

「ダナ。準備を」

言葉を失ったままのウッドに構《かま》うことなく、ダークが指示《しじ》を下す。

この時、おそらく出会ってから初めて、ウッドはダークのことを恐怖《きょうふ》した。

底が、見えない。この男は一体何者なのか。なぜ、これほどまでに、平静を保《たも》っているのか。

「かしこまりました。これより、出力の定期検査《けんさ》及《およ》び『woqot marot』発動に備《そな》えた装置《そうち》作動の実験を開始します」

助手の女は、部屋の壁《かべ》へと歩み寄った。

そこには、何か得体の知れないつまみが並《なら》び、魔力接続《せつぞく》線と思われる様々な金属《きんぞく》線が張《は》り巡《めぐ》らされている。

つまみを慣《な》れた様子で操作《そうさ》すると、助手はダークに視線を向けた。

「やれ」

助手の視線に短くそう答えると、ダークは筒の中の少女を注視する。

つられるように、ウッドも再《ふたた》び少女に目をこらした。

相変わらず瞼《まぶた》を閉じたまま、少女は動く気配もない。魔力《まりょく》や詠唱《えいしょう》に関する類《たぐい》の才能《さいのう》に乏《とぼ》しいウッドには、今彼女がどういう状況《じょうきょう》にあるのか皆目《かいもく》見当さえつかなかった。――生きているのか、それとも死んでいるのかさえも。

「装置を作動します。危険《きけん》度は『芙蓉《ふよう》』から『漆黒《しっこく》』の中間。暴走《ぼうそう》が起きる確率《かくりつ》は極《きわ》めて低いのですが、自己《じこ》防衛《ぼうえい》には細心の注意を払ってください」

ダークと同等かそれ以上に無機質《むきしつ》な声でそう告げると、助手は壁についていた大きな取っ手を下に引いた。

がしゃり、という鈍《にぶ》い音。それきり、部屋は静寂《せいじゃく》に包まれる。

どれほどの時が経《た》ったろうか。変化は突然《とつぜん》に起こった。

何かが上昇《じょうしょう》を始めるような連続音が、どこからともなく響《ひび》き始めたのだ。連続音は絶《た》え間《ま》なく鳴り続け、しかも徐々《じょじょ》にその音量を上げていく。

連続音が思わず顔をしかめてしまうほどの騒音《そうおん》へと姿《すがた》を変えた瞬間《しゅんかん》、少女の入っている筒に巻き付けられた鎖がうっすらと発光し出した。

黒く、邪悪《じゃあく》な光である。光というものは明るいものだという根源《こんげん》的な共通認識《にんしき》を根底から覆《くつがえ》すような仄暗《ほのぐら》い眩《まばゆ》さが、ゆっくりとウッドの視界《しかい》に広がっていく。

その光に呼応《こおう》するかのように、筒の中を満たす液体が泡立《あわだ》ち始めた。最初はゆっくりと、徐々に激《はげ》しく。

何が起こるというのか。ウッドの心に、不安とも怯《おび》えともつかない感情《かんじょう》が渦巻《うずま》く。喉元《のどもと》まで出かかっている制止《せいし》の言葉を飲み込むのに苦労する。理性《りせい》と本能《ほんのう》が、自身の内でせめぎ合っている。そのことが手に取るように分かる。

まるで沸騰《ふっとう》した水のように、液体が気泡《きほう》を生み出す。筒が砕《くだ》けてしまうのではないかと思うほどに暴《あば》れ狂《くる》っている。

少女の姿は泡に飲み込まれ、目視することができなくなってしまった。

ただ連続音が響き、鎖が陰性《いんせい》の光を放ち、液体が泡立つ。

「ダークよ、お前はこれから一体何をするつもり――」

遂《つい》に耐《た》え切れなくなりウッドがダークに問いただそうとしたところで、さらなる異変《いへん》が訪《おとず》れた。

「あ、あああ……」

ウッドは目を瞠《みは》る。

「いかがですか、ウッド様」

ダークの問い掛《か》けにも、答えることさえ出来ない。

詳細《しょうさい》は分からずとも、これならきっと勝てる。そんな確信《かくしん》がウッドの心に生まれた。

普段《ふだん》のウッドではあり得ないことだ。あらゆる可能《かのう》性を計算し、あらゆる危険性を考慮《こうりょ》し、それでも安心することはしなかった。

安心は油断《ゆだん》を生む。油断は失策《しっさく》を連れてくる。常《つね》に最悪の事態《じたい》を想定するくらいの心構《こころがま》えでいて、ようやく物事はつつがなく進むのだ。

だというのに、ウッドは信じた。目の前の光景――少女の背中《せなか》から伸《の》びる翼《つばさ》が周囲を黒い光で照らし出すという美しくも禍々《まがまが》しい光景を信じた。

これなら、きっと自分は勝てる。この世に存在《そんざい》する全《すべ》てに勝利できる。何もかもを手に入れることが出来る――

第一章　読まれなかった手紙　Unopened

昼下がりの『ハンネマン』は空《す》いている。店側としては悲しむべき事態なのだが、店員としては楽でよかったりする。忙《いそが》しくないに越《こ》したことはないのだ。

ただし眠《ねむ》くなるという副作用もある。寝《ね》てしまったところを見つかると店の主《あるじ》からきついお叱《しか》りがあるわけで、それは大変よろしくない。

理想としては面倒《めんどう》にならない程度《ていど》に客が訪《おとず》れるという状況《じょうきょう》なのだが、そうそう上手《うま》くいくものでもない。

誰《だれ》もいない店内を見回し、イルミラ・ハンネマンは今日何度目になるか分からない溜息《ためいき》をついた。

これまでは、こういう時に話し相手がいた。いつも喧嘩《けんか》ばかりしていたけれど、それでも気心が知れていたと胸《むね》を張《は》って言えるようなそんな友人がいた。

今はもういない。巨大《きょだい》な事件に巻《ま》き込《こ》まれ、何者かに連れ去られてしまったのだ。

寂《さび》しいし、哀《かな》しい。悔《くや》しいし、腹立《はらだ》たしい。だが、そんな真っ当な感情《かんじょう》に覆《おお》い被《かぶ》さるようにして、複雑《ふくざつ》で不可解《ふかかい》な気持ちがとぐろを巻いていた。

原因《げんいん》ははっきりしている。その友人の蒸発《じょうはつ》を、イルミラ以上に嘆《なげ》き憤《いきどお》っている人物の存在だ。

この店によく来て、詠唱士《えいしょうし》の受験に毎年落ちていて、洒脱《しゃだつ》とか軟派《なんぱ》という単語の正反対に位置していて、頼《たよ》りなくて、いつもイルミラのことをからかってきて、それなのに気になって仕方ない、一人の青年。

彼は、イルミラの友人がいなくなってからというもの、別人のようになった。少なくとも、イルミラにはそう見えた。

悪い方に変わったわけではない。むしろ、立派《りっぱ》な人間になったと言うべきだろう。

しかし、イルミラは落ち込んでしまった。

何か、その青年が遠くに離《はな》れていってしまうような、手の届《とど》かないところへ消えてしまうような、そんな不安に襲《おそ》われるのだ。

くだらない妄想《もうそう》だということはよく分かっている。

けれども、その青年の変化は、くだらない妄想にそれなりの説得力を与《あた》えてしまっていた。

──よく、夢《ゆめ》を見る。店から出て行く彼、追いかけようとする自分、離れていく二人の距離《きょり》、届かない声、振《ふ》り向かない青年──

呼《よ》び鈴《りん》の音が、イルミラの意識《いしき》にかかっていた霧《きり》を払《はら》いのけた。

「い、いらっしゃいませ」

慌《あわ》てて体を起こす。ぼんやりしていたせいか、自慢《じまん》の俊敏《しゅんびん》な反射神経《はんしゃしんけい》が正常《せいじょう》に機能《きのう》していない。

「や、久《ひさ》しぶり」

聞こえてきた声が、更《さら》にイルミラの思考能力まで完全に奪《うば》ってしまった。

「あっ……」

「どうしたイルミラ、まーた寝てたのか？」

聞き馴染《なじ》みのある声。小憎《こにく》たらしいのに、絶対《ぜったい》に嫌《きら》いになれない声。

「ち、違《ちが》うわよっ」

いつも通りの反応《はんのう》を返す。嬉《うれ》しさを底に押《お》し隠《かく》し、つんけんとした表面を装《よそお》った返事を。

「馬鹿《ばか》言ってるんじゃないわよ、寝たりなんてしてないわよ」

「はいはい、本当のところはどうだかね」

そんなイルミラに、店に入ってきた青年——クラウス・マイネベルグは呆《あき》れたようなおかしがるような笑顔《えがお》を向けてきた。

「何よその言い方っ。馬鹿にしてるでしょ！」

「ん？　いやいや、別に」

言葉とは裏腹《うらはら》のにやにやとした笑みを浮《う》かべながら、クラウスは手近なテーブルに座《すわ》った。

むかっ腹が立ってくる。何が哀しくてこんな男のせいでもやもやとしてなければいけないのだ。

「さては夜更《よふ》かししてるな。昼寝してるってことと、それに何より——」

「はいはいどうせ肌荒《はだあ》れでしょそう言ってくることくらい百も承知《しょうち》ですよ予想済《ず》みですよ。ご注文をどうぞ」

クラウスとはいえ客である。客として接《せっ》しないわけにはいかない。我《われ》ながら見上げた職《しょく》業《ぎょう》意識及《およ》び接客態度《たいど》だ。

「エルガ一つ。何というか腕《うで》を上げたなイルミラ」

感心したようにクラウスが言う。

「かしこまりました。あたしが腕を上げたんじゃなくて多分クラウスが常日頃《つねひごろ》に増《ま》してぼけぼけしてるからじゃないかなー」

精一杯《せいいっぱい》の憎まれ口をぶつけると、イルミラは店の奥《おく》へと足音も荒《あら》く移動《いどう》した。

「ほんと、苦み成分十割増《わりまし》のエルガ淹《い》れてやろうかしら」

準備《じゅんび》をしながらそう毒づく。

「毎回そう言ってる割にイルミラはちゃんと淹れてあげるのよね」

どこからともなく、そんな声が聞こえてきた。

「んなっ⁉」

狂《くる》いそうになる手元をすんでのところで修正《しゅうせい》しつつ振《ふ》り返る。

「しかし上達したわね。その調子なら本格的《ほんかく》に任《まか》せることが出来るのもそう遠くない日のことかも？」

そこにいたのは、イルミラの姉でこの『ハンネマン』を切り盛《も》りしている妙齢《みょうれい》の女性《じょせい》レシーナ・ハンネマンだった。

「ふん、まぁね」

誉《ほ》められたのが嬉《うれ》しく、イルミラは少しだけ胸《むね》を張《は》った。

レシーナの味覚は本物である。伊達《だて》に味を店の柱の一つに選んでいない。絶対的にも相対的にも主観的にも客観的にも、厳正《げんせい》で確実《かくじつ》な評価《ひょうか》を下すことが出来るのだ。

そんなレシーナのお墨付《すみつ》きをもらえたのだから、これは誇《ほこ》っても構《かま》わないということだろう。

「やっぱり彼のお陰《かげ》ねー。飲ませたい相手がいるのが一番の上達法だわ」

再《ふたた》び手元が狂いそうになった。

「な、なななな」

「恥《は》ずかしがることないのよ。お姉ちゃんに隠《かく》し事はしなくていいの」

全《すべ》てお見通しだ、と言わんばかりの目を向けてくるレシーナ。

やはり敵《かな》わないと思う。イルミラなんかよりずっと大人なのだ。それも年齢差がどうこうではなく、人間としての器《うつわ》が違う。

「……うう」

しかし正直に認《みと》めてしまうのは悔《くや》しい。あんな男を喜ばせるために練習したとあっては、イルミラの沽券《こけん》に関《かか》わる。

「さ、さーて淹れ終わったわ。さっさと持って行こーっと」

レシーナと極力目を合わさないように気をつけながら湯気を立てるコップをトレイに載《の》

せ、小走りで厨房《ちゅうぼう》を後にする。

「がんばってらっしゃい」

「な、何を頑張《がんば》っていうのよ！」

思わず振り向いてしまう。

「さあ？」

悪戯《いたずら》っぽいレシーナの笑顔《えがお》がそのまま視界《しかい》に飛び込んでくる。

「と、とにかく出してくる！」

耳が熱くなるのを感じつつ、イルミラは店の中へと戻《もど》った。

「おいどうしたイルミラ、顔が赤いぞ」

予想通りのからかいが投げつけられてくる。

「関係ないわよ！」

誰のせいだと心の中で罵《ののし》りつつ、イルミラはクラウスの前に荒々《あらあら》しくエルガを叩《たた》きつけた。

「ん、これイルミラが淹れたの？」

「そうよ。だからなんだって言うのよ」

「いーや、別に？」

意味深な笑みを浮《う》かべつつ、クラウスはエルガを手に取った。

「どれどれ……」

一口付け、クラウスは目を見開く。

「……あれ、美味《おい》しくなかった？」

急激《きゅうげき》な表情《ひょうじょう》の変化に、不安になってしまう。

クラウスは何も喋《しゃべ》らない。ただ押し黙《だま》ってエルガを飲んでいる。

「……ふむ」

コップのエルガが半分ほどになってから、クラウスはようやく口を開いた。

「これは、驚《おどろ》いた」

「どう、驚きなのよ」

イルミラの問いに、クラウスは目をぱちくりさせながら言った。

「うまい」

体の中を、何かぱちぱちと爆《は》ぜるものが通り過《す》ぎる。

「実はレシーナさんが淹《い》れたってオチかな」

「違《ちが》うわよ！」

ばんっと机を叩く。

「せっかく淹れてあげたのにその言い方ってどうなのよ！　ずっとお姉ちゃんが淹れるのを見て研究して……」

言いかけて、口をつぐむ。

「ほほぅ、熱心じゃないか。格闘技《かくとうぎ》以外にそんな情熱を注ぐなんて、どういう風の吹《ふ》き回し？」

「だまらっしゃい！」

激《はげ》しく後悔《こうかい》する。せっかく練習してもからかわれるばかりだ。こんなことなら何もしなかった方がよかったのではないか。

「悪い悪い、冗談《じょうだん》だよ」

そんなイルミラに、クラウスは両手を合わせる。

「うん、上達した。これなら『ハンネマン』の看板《かんばん》は安泰《あんたい》だよ。すごいじゃないかイルミラ」

「あっ……」

今度こそ、完全に言葉を失った。

まさか、こんなに直球で誉《ほ》められるとは想像《そうぞう》もしていなかったのだ。なんと言葉を返せばいいのだろうか。

「あらあら、それじゃわたしが遠くないうちに引退《いんたい》するみたいじゃない」

イルミラが立ちつくしていると、まるで助け船を出すかのようにレシーナが現《あらわ》れた。

「いや、けしてそういうわけじゃ」

「ふーん？　ま、気にしてはいないけど？」

おかしそうにくすくす笑いながら、レシーナはクラウスの差し向かいの席に腰《こし》を下ろした。

「イルミラも座《すわ》りなさいよ」

「う、うん……」

促《うなが》されるままに、イルミラも席に着く。クラウスとレシーナの丁度中間辺りである。

何となく、沈黙《ちんもく》が訪《おとず》れた。

会話の狭間《はざま》、やりとりの途切《とぎ》れ。どんなに仲が良くても訪れる、ちょっとした間隙《かんげき》。

気にするほどのことではない。しかしイルミラにはひどく息苦しく感じられた。

何か話せばいい。適当《てきとう》でいいから話題を振《ふ》ればいい。しかし、全く思いつかなかった。

僅《わず》かな時間が、途方もなく長く感じられる。どうすればいいのか。

「最近、調子はどう？　上手《うま》くいってる？」

そんなイルミラの混乱《こんらん》を見透《みす》かしたように、レシーナが口を開いた。

空気がほぐれたような錯覚《さっかく》。心から安堵《あんど》する。

「えーっとですね、トピィが申請《しんせい》してくれてた推挙《すいきょ》が一昨日正式に認可《にんか》されたんですよ」

指先を組み合わせながら、クラウスが喋《しゃべ》り始める。

「推挙？　詠唱士《えいしょうし》に関係あることかしら」

レシーナは聞き上手だ。間合いや言葉の選び方が絶妙《ぜつみょう》で、相手の口数が多い少ないにかかわらず楽しい会話を繰《く》り広げることが出来る。

「ええ。王国詠唱士が見込《みこ》みのある人間を詠唱士として推薦《すいせん》するという制度《せいど》っていうとわかりやすいかな。正式な王国詠唱士じゃなくて、準《じゅん》詠唱士という形になりますけど、一応《いちおう》王国詠唱士に準じた権限《けんげん》が与《あた》えられます」

すらすらとクラウスが話す。元々もごもごと喋ったりする方ではなかったが、何だか余《よ》計《けい》に弁舌爽《べんぜつさわ》やかになったような気がする。

普通《ふつう》であれば魅力《みりょく》的な変化ととらえるべきなのだろうが、やはりどこか寂《さび》しい。

ダメな男が好きだというわけではない。だが、立派《りっぱ》になったクラウスに何か受け入れられないものを感じていた。

「すごいじゃない、クラウスくん。それって、あなたが詠唱士にふさわしいって認《みと》められたってことじゃない」

「い、いやそんなことないですよ。まだまだ、これからというか」

レシーナの賞賛《しょうさん》にあからさまに照れた様子を見せながら、クラウスはエルガが半分残ったコップに手を伸ばした。

「そもそも、僕《ぼく》にそんな実力があるかって言うと微妙《びみょう》なところで……」

そんなことを言いながらコップを手に取ろうとして見事に摑み損《そこ》ね、クラウスは中身を盛大《せいだい》にぶちまけた。

「う、うわ!?」

机《つくえ》にかけられたクロスに、エルガがみるみるうちに染《し》み込んでいく。

「もー、ちょっと何やってるのよ」

語気も強くクラウスをなじる。しかし内心では、けして不快《ふかい》には思っていなかった。

彼のみっともない姿《すがた》が、何だかとても久《ひさ》しぶりのような気がするのだ。

「し、仕方ないだろ。そもそも滑《すべ》りやすいようなコップを持ってくるイルミラが悪い！」

無茶苦茶《むちゃくちゃ》もいいところな反論《はんろん》である。

「言うに事欠いてコップのせい!? 自分でおかしいこと言ってるなとか思わないの!?」

ここぞとばかりに怒鳴《どな》りつける。ぎゃあぎゃあ喚《わめ》いてはいるが、楽しくて仕方ない。

「うるさいな確《たし》かに思ったよ！」

「ならなんでそういうこと言うのよ！　黙《だま》って自分の非《ひ》を認めなさいよ！」

「黙って自分の非を認めるのが嫌《いや》だからだよ！」

「あんたバカでしょ!?」

「ほらほら、いい加減《かげん》になさい」

レシーナが間に入って仲裁《ちゆうさい》してきた。もはや阿吽《あうん》の呼吸《こきゆう》といっても問題ないほどに安定した流れである。

「イルミラ、テーブルクロスの替わりを取ってきてちょうだい」

すっと汚《よご》れたクロスを外して畳《たた》むと、レシーナはそれをイルミラに差し出してきた。

「はーい。……ったく、なんであたしがあいつの後始末なんか……」

ぶつぶつ言いながら、イルミラは汚れたクロスを洗濯場《せんたくば》まで持って行き、替わりのクロスを棚《たな》から引っ張《ぱ》り出す。

ついでに、もう一杯《ぱい》エルガを淹《い》れてトレイに載《の》せると、片手《かたて》でトレイを支《ささ》えもう片方の手で小脇《こわき》に挟《はさ》むようにしてクロスを持ちクラウス達の所へと戻《もど》った。

「ほんとにだらしないんだから」

憎《にく》まれ口を叩《たた》きつつクロスを敷《し》くと、クラウスの前にエルガを置いた。

「……追加注文はしてないけど？」

怪訝《けげん》そうなクラウスの鼻先に、イルミラはぴしりと指を突《つ》きつける。

「しっかり最後まで飲みなさい。そうしないとエルガの値打《ねう》ちなんて分からないんだから」

「あらあら」

レシーナが苦笑《くしよう》する。

「そ、そういうものか……」

クラウスが、戸惑《とまど》ったように首を上下に振《ふ》った。

「ゆっくりしていってくれたらいいのよ」

レシーナが微笑《ほほえ》む。

「いやー、そうしたいのはやまやまなんですけど……」

申し訳《わけ》なさそうにそう言うと、クラウスはエルガをぐびぐびと飲み干《ほ》した。

「ふぉっ」

そして鳩尾《みぞおち》辺りを押《お》さえて苦悶《くもん》の表情《ひようじよう》を浮《う》かべる。淹れたてのエルガを一気飲みしては無理もない話である。

「あらあら。何を慌《あわ》ててるのかしら？」

悶《もだ》えるクラウスの背中《せなか》を、レシーナが撫《な》でた。

「いや……その……ぐは、あつい」

その様子を眺《なが》めながら、イルミラは曰《いわ》く言い難《がた》い感情に襲《おそ》われる。

例えばその原因《げんいん》は、妙《みょう》に近く見える二人の距離《きょり》だったり、折角《せっかく》のエルガをさして味わいもせずに飲まれてしまったことだったりするのだろう。

動転が抑《おさ》えきれない。ほんのちょっとしたことで、心が千々に乱《みだ》れてしまう。

こんな経験《けいけん》は初めてだった。どうすればいいのか見当もつかない。

唯一《ゆいいつ》分かることがあるとすれば、この感情の赴《おもむ》くままに行動してしまうときっと取り返しがつかないことになるということだけだろう。

「だ、大丈夫《だいじょうぶ》です」

ようやく落ち着いたか、クラウスが背筋《せすじ》を伸《の》ばした。

「いやー、実はですね」

言いながら、懐《ふところ》から一枚《まい》の紙を取り出す。

「その準詠唱士《じゅんえいしょうし》の証明《しょうめい》になる『愚者の鎖《バスタードチェイン》』を今から受け取りに行くんですよー」

紙には、何やら今日の日付に続いて難《むずか》しそうな文言が並《なら》んでいた。大して詠唱などについて勉強したこともないイルミラには詳《くわ》しい内容《ないよう》まで理解《りかい》することは叶《かな》わなかったが、それでもこの紙がそこら辺にあるようなものではないということくらいは容易《ようい》に察しがついた。

「あらあら。すごいじゃない」

レシーナが手をぱちんと合わせる。

「遂《つい》にクラウスくんも首から鎖《くさり》を提《さ》げる人になったのね。感慨《かんがい》深いわ」

「えへへ」

照れたように、クラウスは頭を掻《か》いた。

「まー、あくまで仮《かり》のものですから」

「そうそう。調子に乗るのもほどほどにしなさいよ。所詮《しょせん》あんたはあんたなんだから」

本当はおめでとうの一つでも言ってやりたいのだが、相変わらず出てくるのは悪口嫌みの親類縁者《えんじゃ》ばかりである。我《われ》ながら救いようがないほどにひねくれている。

「大きなお世話だ全く」

むすっとした様子でそう言うと、クラウスはエルガの代金をテーブルの上に置いた。

「それじゃ、失礼しますー。ごちそうさまでした」

椅子《いす》から立ち上がるその姿《すがた》が、イルミラの中で何かと二重写しになる。

ひどく不安を煽《あお》る既視《きし》感。しかしその正体は明らかにならない。薄《うす》い靄《もや》の向こうに隠《かく》れて、輪郭《りんかく》だけが見えているかのような。

いてもたってもいられなくなり、イルミラは立ち上がりかけ。

その瞬間《しゅんかん》、自分を不安にしているものの正体を理解した。

夢《ゆめ》で何度も見た光景が蘇《よみがえ》る。手を伸ばしても届《とど》かない距離、追いかけても追いつけない隔《へだ》たり。

クラウスの背中《せなか》が遠ざかっていく。一歩一歩ゆっくりと、しかし確実《かくじつ》に。

「あっ……」

何か声をかけようとする。けれども、さっきまであれほど悪態《あくたい》をつけたというのに、イルミラの舌《した》はいかなる言葉も紡《つむ》ごうとはしなかった。

扉《とびら》を開き、クラウスは店の外へと姿を消していく。

椅子から中途半端《ちゅうとはんぱ》に腰《こし》を浮《う》かした姿勢《しせい》のまま、イルミラは固まっていた。

自分が何を考えているのかも分からない。ひたすらに頭の中を色々な切れ端《はし》がぐるぐると行ったり来たりするばかりで、明確に筋道の立った思考が全く出来ていない。

「……ねえ、イルミラ」

声をかけられ、我に返る。椅子に座《すわ》ったままのレシーナが、イルミラを見上げている。

「な、何？　どしたの？」

姉の前でそんな小細工《こざいく》を弄《ろう》するのは無駄《むだ》だと知りつつも、平静を装《よそお》う。

「……ううん、何でもないわ」

どこか哀《かな》しそうに目を伏《ふ》せると、レシーナは椅子から立ち上がった。

「さあ、準備《じゅんび》をしましょうか。もうすぐお客さんが沢山《たくさん》来るわよ」

次の瞬間には、もういつものレシーナだった。てきぱきと動き、客をもてなす用意をどんどんこなしていく。

そんな姉に言われた通りに雑用《ざつよう》をこなしつつも、イルミラは上の空だった。

つい先程《さきほど》までのやり取りが悔《く》やまれてならない。もっと、他に喋《しゃべ》りようはなかったのか。

顔を見ると喧嘩《けんか》ばかり。そんな関係ではなく、もっと違《ちが》う付き合い方は出来ないのか。

こんな風に悩《なや》んでばかりいるから、おかしな夢を見たり、その夢が現実《げんじつ》と交錯《こうさく》してしまったりするのだろう。

どうしたら、自分は楽になれるのか。姉に相談するのがいいのかもしれないのだが、それはためらわれた。

きっとレシーナなら、自分の悩みに何か解決なりそこに至《いた》る道筋なりを示《しめ》してくれるだろう。

しかし、レシーナの前で今自分の中にある感情《かんじょう》を吐《は》き出す気にはなれない。億劫《おっくう》とは違《ちが》う、怖《こわ》いというわけでもない。

ただ、何か、自分の本心を表面まで浮かびあがらせたくないのだ。

「ふぅ……」

しかし奥底《おくそこ》に沈《しず》めておくことも出来ない。言葉にしない代わりに、重い深い溜息《ためいき》がイルミラの口からこぼれ落ちた。


「あっ、クラウスさーん」

待ち合わせ場所の詠唱《えいしょう》組合前に、トピーアはすぐに現《あらわ》れた。

いつも通りの、マントに『愚者の鎖《バスタードチェイン》』という出《い》で立《た》ちである。どこか少年を思わせる眉《び》目の麗《うるわ》しさと相俟《あいま》って、とても颯爽《さっそう》としていた。

「お待たせしましたっ」

杖《つえ》を小脇《こわき》に抱《かか》えるような格好《かっこう》で、トピーアがクラウスの横に歩み寄《よ》ってくる。

「ううん、待ってないよ」

実際《じっさい》さして待っていない。ついさっきまで、行きつけのパブで悪友のウェイトレスとお約束とも言える悪口の応酬《おうしゅう》に明け暮《く》れていたのだ。

「よかったー。よし、じゃあ早速《さっそく》行きましょうか」

「うん」

トピーアの何でもない言葉が、クラウスの中に緊張《きんちょう》を走らせる。

「そんなにかちかちにならなくていいですよ。謁見《えっけん》といってもすぐに終わりますし」

「いや、だけどさ……」

直接《ちょくせつ》国王と相見《あいまみ》えたことなどない。何度か遠目に眺《なが》めたことがあるだけである。

噂《うわさ》は色々と聞くが、国家の最高権力《けんりょく》者であることに変わりはない。住む世界が根本的に違う。平然としていろというのが無理な注文だ。

「心配要《い》りませんよ。形式を重んじられる方ではありませんし、多少の粗相《そそう》は見逃《みのが》して下さいますよ」

ぽんぽんと、トピーアがクラウスの背中《せなか》を叩《たた》いてくる。

「クラウスさんならきっと大丈夫《だいじょうぶ》。僕が保証《ほしょう》します」

そしてすたすたと歩き出し、

「うわっ⁉」

特に段差《だんき》も何もないところなのに盛大《せいだい》に転んだ。

「……大丈夫かい？」

傍《かたわ》らにしゃがみ手を差し出すクラウスに、トピーアは恥《は》ずかしそうな顔を向けてくる。

「何で僕《ぼく》って……」

自分で立ち上がり、マントについた埃《ほこり》を払《はら》い落とす。一連の仕草には無駄《むだ》がなく、転び慣《な》れているということが窺《うかが》い知れた。

それなら転ばないようにすればいいと思うのだが、そうもいかないらしい。

しばらく二人で歩く。

クレメンテ通りは、今日も賑《にぎ》わっていた。

すっかり冬だということもあって、どの人もみな厚着《あつぎ》である。

視線《しせん》を泳がせる。揺《ゆ》れる人波のあちらこちらを、無意識《むいしき》のうちに捜《さが》している。

金色の長い髪《かみ》。華奢《きゃしゃ》な体つき。幼《おさな》く、しかし芯《しん》の強さを感じさせる顔立ち。

いるはずがない。だというのに、ちらちらと似《に》た体形や似た髪形の女性《じょせい》を見るたびに目の端《はし》で追ってしまう。

「ね、クラウスさん」

「ん？」

呼《よ》びかけられ、足を止める。

「……いえ、何でもないんです」

明らかに何か話しかけようとした雰囲気《ふんいき》だったのだが、トピーアは自分から会話を打ち切ってしまった。

何だろうとしばらく考えてから、クラウスは原因《げんいん》らしきものに思い当たった。

「誤解《ごかい》だトピーア、別に女の子の品定めをしていたわけでは!」

必死で弁明《べんめい》する。某警察官《ぼうけいさつかん》のような人種と間違《まちが》われてしまってはたまらない。

「……分かってますよ。よーく、ね」

しかし、トピーアの反応《はんのう》は、クラウスの予想を裏切《うらぎ》るようなものだった。

「う、うん。ならいいけど」

不機嫌《ふきげん》さも露《あら》わなトピーアの反応に面食《めんく》らってしまう。何か気に障《さわ》るようなことを言ってしまったのだろうか。

「ほら、行きますよ」

クラウスからぷいと目を逸《そ》らすと、トピーアは先へ先へと行ってしまう。

「待ってよトピーア。そんなに急ぐと……」

転んでしまうとクラウスが注意するそれよりも遥《はる》かに早く、トピーアの体は地面へと勢《いきお》いよく衝突《しょうとつ》した。

「ねえ、ヨハン。一つ質問《しつもん》していいかしら」

「どうぞ」

「わたし達って、確《たし》か世界征服《せいふく》を目指してたのよね」

「違うんですか？」

「違わないつもりよ。でも、こんなところでこんなことしてたらさすがに不安になってこない？」

「積もった雪を刳《く》り抜《ぬ》いた雪室を造《つく》りその中で心地《ここち》よい午睡《ごすい》を取ることのどこに不安材料が」

「大ありよ！」

たわけたことを言ってくる部下に杖《つえ》の一撃《いちげき》を食らわせると、サビーネ・トリス・エデルスバクスは膝《ひざ》を抱《かか》えた。

ぱちぱちと爆《は》ぜるたき火を見つめる。発火詠唱《はっかえいしょう》で作ったものだ。

今年の冬は寒い。下手したら凍《こご》え死ぬという選択肢《せんたくし》まで考慮《こうりょ》に入れなくてはならなくなる。

「……冗談《じょうだん》じゃないわよ。類《たぐ》い希《まれ》な才能《さいのう》と美貌《びぼう》に恵《めぐ》まれたこのあたしが浮浪者《ふろうしゃ》よろしくそこら辺でのたれ死ぬなんて絶対《ぜったい》あり得ないわ。というかそんなこと天が許《ゆる》さないと思うのそもそも」

「ぷ、ぷぷぷ。どこから突《つ》っ込《こ》めばいいのやら」

「ん、誰《だれ》？」

無礼極《きわ》まりない部下を動かなくなるまで叩《たた》きのめしてから、サビーネは振《ふ》り返った。

「ブラッドじゃない、どうしたの？」

耳飾《みみかざ》りがじゃらじゃらついているという柄《がら》が悪い外見の割《わり》に人の良さそうな面構《つらがま》えの兄ちゃんが、雪室の入り口から顔を覗《のぞ》かせている。

「どうしたって、そりゃあサビーネさんに報告《ほうこく》をしに来たんですが」

ブラッド・シノダ。サビーネが率《ひき》いる「サビーネ様と下僕《げぼく》達」の一員で、情報《じょうほう》収集《しゅうしゅう》を得意とする男である。

「遅《おそ》いじゃないのよ。早くしなさいって言ったでしょ」

「いや、さっきからいたけど気づいてもらえなかったみたいで」

「それなら声くらいかけなさいよ」

「迂闊《うかつ》なことをすると副首領《しゅりょう》の二の舞《まい》になりそうで」

地面に転がったままぴくりともしない男——これでも一応《いちおう》サビーネの腹心《ふくしん》であるヨハ

ン・アクセルソン・ローヴァに、ブラッドは痛《いた》ましそうな視線《しせん》を送る。

「ヨハンはいつもたわけたことを言うからこういう目に遭《あ》ってるのよ。しっかり仕事をこなして必要なことだけ報告してれば平穏《へいおん》無事に暮《く》らせるわ」

「ちなみに僕がこなしてきたその仕事は、原因《げんいん》不明の外出禁止《きんし》令が出ているコティペルト王国の家臣の土地でなんとか一夜の宿を探《さが》さないといけないという平穏無事とは程遠《ほどとお》いものだったわけですが」

「つべこべうるさいわね。結局どうなったのよ」

「無理でした」

「ごめんなさい、よく聞こえなかったわ。もう一度」

「無理でした」

「おかしいわね。そんな答えが返ってくるわけがないのだけれど。もう一度」

返事はなかった。ブラッドは逃《に》げ出したらしい。

とりあえずお仕置きは後にして、サビーネは考える。

子分達の寒さを凌《しの》ぐには、発火系統《けいとう》の詠唱《えいしょう》でたき火でもこしらえてやれば事足りる。

問題はサビーネの寝床《ねどこ》である。こんなに寒いというのに、外で寝るなど言語道断《どうだん》だ。最《さい》低限《ていげん》でも暖《あたた》かいベッドと美味《おい》しいエルガくらいは用意しておかないと話にならない。

ここのところ野宿続きで、サビーネの我慢《がまん》はそろそろ限界に達していた。自分のような人間が、こんなに惨《みじ》めな日々を送るなど言語道断である。

「……あのー、サビーネさん」

微妙《びみょう》に距離《きょり》を取った場所から、ブラッドが話しかけてくる。

「寝床が見つかったという報告以外は聞きません」

「聞いていただけなくても、報告するしかありません」

「……わたしが上機嫌《きげん》になるのなら聞いてあげてもよくてよ」

ブラッドは一歩下がり、

「この辺りを私兵《しへい》とおぼしき連中に囲まれてるっぽいです。どう見ても友好的ではない雰《ふん》囲気《いき》ですね」

「あんたがつけられたんでしょ!?」

走って逃げるブラッドの背中《せなか》に雷撃《らいげき》を叩き込むと、サビーネはヨハンに蹴《け》りを入れた。

「寝てる場合じゃないわよ。さっさと応戦用意!」

「流れをおさらいしておきましょうか」

腫《は》れた額《ひたい》を何とか前髪《まえがみ》で隠《かく》そうとしながら、トピーアが言う。

「うん」

掌《てのひら》に滲《にじ》む汗《あせ》を膝《ひざ》で拭《ふ》きながら、クラウスは頷《うなず》き返した。

二人がいるのは、控《ひか》え室である。特に派手《はで》な趣向《しゅこう》が凝《こ》らされているわけでもない地味な部屋なのだが、凡人《ぼんじん》で庶民《しょみん》のクラウスには何やら高貴《こうき》な空気が充《み》ち満ちているように感じられてならない。

二人が座《すわ》っている椅子《いす》からして高価《こうか》そうである。この椅子二つ分で、クラウスの家が内装《ないそう》込みで五軒《けん》は買えてしまいそうだ。

「もうすぐ案内の方がいらっしゃると思いますので、その人に付いていって謁見《えっけん》の間に入ります」

「うん」

「入ったらとりあえず、普通《ふつう》に立ったままでお待ちします。国によって色々方式が違《ちが》いますが、コティペルト王国においては陛下《へいか》が現《あらわ》れるまでは臣下の礼を取らないのが基本《きほん》ですね。

いらしたら、おそらく陛下から誰何《すいか》の言葉があると思いますので、それに答えてください。言葉遣《づか》いに関しては、形式にこだわる必要はありません。クラウスさんに出来る範囲《はんい》の丁寧《ていねい》さを心がければいいですよ」

「うん」

さすが現役《げんえき》の王国詠唱士と言うべきだろうか。トピーアはいかにも場慣《ばな》れした雰囲気《ふんいき》を放っている。

「気をつけなければならないのは、必要以上にかしこまった態度《たいど》をとらないということ。陛下が一番お嫌《きら》いなことです。むしろ傲岸不遜《ごうがんふそん》なくらいが気に入られると思いますよ」

「いや無理」

「でしょうね」

トピーアがくすくすと笑う。

「何度も言いますけど、そんなに緊張《きんちょう》することありませんから。自然体でいるのが一番です」

「よし、任《まか》せておいてくれ」

がちゃりと扉《とびら》が開く。

「お待たせしました。どうぞ中へ」

入ってきた人物を見るなり、クラウスは弾《はじ》かれたように立ち上がった。

「あ、あなたは⁉」

短い髪。男性《だんせい》的な風貌《ふうぼう》と、その外見とは裏腹《うらはら》に柔《やわ》らかい声。トピーア達が提《さ》げているものとは色違いの『愚者の鎖《バスタードチエイン》』。

紛《まご》う事なき頂点階層《サプリーム・マジエステイ》、ナフィン・シュミーアン・ペトルーツァである。

「もうすぐ陛下がおいでになります。どうぞ」

「は、ははは い」

頂点階層《サプリーム・マジエステイ》、というと、王国詠唱士《えいしょうし》の中でもその実力を直接《ちょくせつ》国王に認《みと》められた最上級階層《マジエステイ》のそのまた筆頭に位置する実力を持つ人達である。クラウスから見ると、見ようにも雲の上のそのまた上なのでそもそも見えないような感じである。

「だからいつも通りでいいんですってば。最近のクラウスさんは前よりも更《さら》に立派《りっぱ》になったんですし。……ナフィンさんからも言ってあげてくださいよ。ご覧《らん》の通り、この人ったら緊張しすぎで」

「ふむ」

顎《あご》に手を当てて、ナフィンがクラウスを眺《なが》めてくる。

「特にずば抜《ぬ》けた魔力《まりょく》なり空気なりが感じられるというわけではないが、トピーアの推挙《すいきょ》なら間違いがないだろう。堂々としているのがいいぞ」

「わわかりましたどっどうどうとします！」

「だめだこりゃ」

トピーアが肩《かた》を竦《すく》め、ナフィンが苦笑《くしよう》した。

「さあ、こちらへ」

ナフィンがくるりと背中《せなか》を向け、扉の向こうへ歩き出す。

「行きますよー」

「ま、待った心の準備《じゅんび》がっ」

もがくクラウスだが、ぐいぐいとトピーアに背中を押《お》され謁見の間へと足を踏《ふ》み入れてしまった。

「……う、うぁ」

圧倒《あっとう》される。

足下《あしもと》には高そうな絨毯《じゅうたん》、壁《かべ》には高そうな絵。国王が座《すわ》るものと思われる椅子《いす》はそう高くもなさそうなのだが、それ以外は見るからに金がかかっていそうである。

物を表現するのに高そうなとか金がかかっていそうなという単語しか使えないのも情《なさ》けない話だが、クラウスから見ると高そうで金がかかっていそうにしか見えないのだ。

「あんまりキョロキョロしちゃダメですよ。余計《よけい》頭がこんがらがっちゃう」

「そ、そうする」

とは答えてみたものの、すると何を見ていればいいのか見当もつかない。

別に何も見ずにぼんやりしていればいいのかもしれないが、そうしていると緊張《きんちょう》で頭の中身と心臓《しんぞう》が同時に爆発《ばくはつ》してしまいそうである。

というわけで椅子を凝視《ぎょうし》することにした。キョロキョロしなければ頭がこんがらがらないというのなら、何かに視線を集中させるのが一番である。

何の変哲《へんてつ》もない椅子だ。一応《いちおう》一国の主《あるじ》の椅子だけあって背もたれがかなり長かったり細工された肘《ひじ》置きがついていたりするが、全体的には質素《しっそ》といえそうなほどで、周囲の豪奢《ごうしゃ》さからかなり浮《う》いている。

けれども、作りそのものは見るからに頑丈《がんじょう》そうである。蹴《け》ろうが叩《たた》こうが投げようが壊《こわ》れそうにない。

座る人間の心構《こころがま》えが表れているかのようだ。質実剛健《ごうけん》な、華々《はなばな》しさよりも実用性を尊《とうと》ぶ心根を持っているのだろう。

掲示板《けいじばん》に躍《おど》る俗《ぞく》な巷談《こうだん》を真に受けていたクラウスだったが、見方を変えることにした。実のところはとても立派で尊敬《そんけい》できる人柄《ひとがら》の持ち主なのかもしれない。椅子一つ取ってみてもそれが表れている。こういうことが分かるようになった辺り、自分もいっぱしの人物になったものである。

単に空気に飲まれてしまっただけなのに自分の成長と勘違《かんちが》いしているおめでたいクラウスの袖《そで》を、トピーアが引いた。

「何だよ、後にしてくれよ」

今は椅子の品評《ひんぴょう》が先である。作製《さくせい》年代や工匠《こうしょう》の名前などは分からないが、それでも品評するのである。そうしていないとまたいっぱいいっぱいになってしまう。

「ふむ。余《よ》を呼び出しておいて後にしろとは、不敬もいいところだな」

椅子に、誰かが座った。

「……へ？」

鎧《よろい》を身につけた女性である。

長く、手入れされていることがよく分かる髪《かみ》をさらりと後ろに流していた。化粧気《けしょうけ》は皆《かい》無《む》だったが、ぞくりとするような美貌《びぼう》の持ち主なためむしろその必要性がないとまで感じてしまう。

そう、確《たし》かに美人なのだが、猛禽《もうきん》を彷彿《ほうふつ》とさせる鋭《するど》すぎる視線が気安い感想を無言のうちに拒否《きょひ》していた。迂闊《うかつ》に声をかけたりすれば、どんなしっぺ返しを食《く》らうのか想像《そうぞう》もつかない。

腰《こし》に剣《けん》を差し椅子に腰掛《こしか》けるその姿《すがた》からは、他者からの不意打ちに備《そな》え戦闘態勢《せんとうたいせい》を取っていることが明白に伝わってきた。

おそらくは、この謁見《えっけん》の間にも敵対《てきたい》する者が潜《ひそ》んでいる可能性《かのうせい》があるのだろう。最近掲示板に不穏《ふおん》な記事が載《の》ることが多く、コティペルト王国の政情《せいじょう》と治安が不安定になりつつあるともっぱらの噂《うわさ》だったのだが、ただの流言飛語の類《たぐい》でもなかったらしい。

いや、そんなことは現《げん》時点においては大したことではないのかもしれない。

「し、失礼いたし申し上げ侍《はべ》りつかまつりさせていただきました！」

この女性が、鎧を身にまとった美女が、コティペルト王国国王ラムリア・ピスロメン・コティペルトであり、不機嫌《ふきげん》さも露《あら》わな視線でクラウスを睨《にら》み付けているということの方がずっと大問題だろう。

「傲岸《ごうがん》だったり卑屈《ひくつ》だったり忙《いそが》しい奴《やつ》だな」

不機嫌で睨んでいるのか、それとも怪訝《けげん》さから眉《まゆ》をひそめているのか判然《はんぜん》としないが、ひとまず不興《ふきょう》を買ってしまっていることは間違いがない。

「え、えーと……」

言葉を発しようとするのだが、全く出てこない。

「何だ。言いたいことがあるなら早く言え」

王者の風格《ふうかく》、というのだろうか。根本的な雰囲気《ふんいき》が違う。

思考が完全に停止した。もう何も考えられない。

「この者が、貴公《きこう》の推挙《すいきょ》する人物でよろしいのかな？」

見かねたのか、ナフィンがトピーアに話しかけた。

「はい。クラウス・マイネベルグさんです。詠唱士《えいしょうし》試験で結果を出すことは未《いま》だ出来ていませんが、『八つ裂《ざ》きオーウェンス事件《じけん》』等での活躍《かつやく》を僕《ぼく》自身がこの目で確認《かくにん》し、王国詠唱士として活動するだけの才能を保有《ほゆう》していると判断《はんだん》いたしました。未熟《みじゅく》な面は多々あると思いますが、実地で経験《けいけん》を積むことによりその実力を開花させることが出来ると期待しております」

滔々《とうとう》とトピーアが話す。クラウスと比較《ひかく》して比較するのが馬鹿馬鹿《ばかばか》しいほど冷静である。

「とてもそのようには見えないが。……クラウスと言ったか。貴様、王国詠唱士になって何がしたい。推挙されてからの具体的な行動でもよい、話してみろ」

研《と》ぎ澄《す》まされた刃物《はもの》のような視線をクラウスに突《つ》き立てつつ、ラムリアが言った。

「……それは」

静寂《せいじゃく》が部屋を満たしている。この部屋にいる全員が、クラウスの言葉を待っているのだ。

「一つは、子供《こども》の頃《ころ》からの夢《ゆめ》を果たすこと。兄の遺志《いし》を継《つ》ぎ、詠唱士として活動することです」

突如《とつじょ》として、クラウスの口から言葉が流れ出した。自分でも不思議なくらい、滑《なめ》らかに。

「ほほう」

ラムリアの表情に変化はない。胡散臭《うさんくさ》いものを見るような目つきで、クラウスをねめつけている。

「もう一つは」

構《かま》わず話を続ける。思考が止まっていることに変わりはない。ただ、夢中《むちゅう》だった。

「大切な人を、守ることです」

初めて、ラムリアの顔をこれまでと違《ちが》う感情が通り過《す》ぎた。

「大切な人、か」

「はい。自分の力の及《およ》ばなさにより辛《つら》い目に遭《あ》わせてしまっている人を、助け出したいのです」

恥《は》ずかしい台詞《せりふ》かもしれない。少なくとも、国王に対して抱負《ほうふ》を語る際《さい》にこういう言い方をすることはないだろう。

しかしクラウスは後悔《こうかい》しなかった。何も考えられていない状態《じょうたい》なせいも多分にあるだろうが、嘘偽《うそいつわ》りない本音《ほんね》である以上隠《かく》すべき理由もないはずだった。

「ふむ。なるほどな」

からかうでもなくけなすでもなく、ラムリアはただ頷《うなず》く。

「まあ、一般《いっぱん》の王国詠唱士の中でも実績《じっせき》を残している人間による薦《すす》めなのだから間違いはないだろう。よきにはからえ」

それだけ言うと、ラムリアは椅子《いす》から立ち上がり自室へと姿《すがた》を消した。

「わたしは陛下《へいか》に報告《ほうこく》することがありますので、失礼いたします。迎《むか》えの者がまもなく現《あらわ》れるでしょうから、その者について退出《たいしゅつ》するように」

ラムリアの後を追うように、ナフィンも立ち去っていく。

「……ふううぅ」

その場に崩《くず》れ落ちそうなほど、クラウスは脱力《だつりょく》した。全身から冷や汗《あせ》が噴《ふ》き出している。

「もう、クラウスさんしっかりしなくちゃダメじゃないですかっ」

トピーアが唇《くちびる》を尖《とが》らせて見上げてくる。

「ご、ごめん」

まさかここまで醜態《しゅうたい》を晒《さら》してしまうことになるとは思わなかった。今更《いまさら》ながら、忸怩《じくじ》たる気分がわき上がってくる。

「でもまあ、陛下のご質問《しつもん》にそれなりに答えられたのはよしとしましょう。正直なところ、もっと挙動不審《ふしん》になって暗殺者か何かと間違われるかもしれないくらいには覚悟《かくご》してましたから」

しかし、意外にもトピーアは誉《ほ》めてきた。

「……そうだったんだ」

あの国王の身なりを考えると、暗殺者に間違われた時点で首が飛んでしまいそうな気がしないでもない。随分《ずいぶん》と危《あぶ》ない橋を渡《わた》ったものだ。

「百点満点で六十五点です。次の機会があるなら、更に落ち着いた態度がとれるように頑《がん》張《ば》りましょう」

「了解《りょうかい》です……」

控《ひか》え室から、王国軍の兵士らしき男性《だんせい》が入ってきた。先程《さきほど》ナフィンが言っていた迎えの者だろう。

「クラウス・マイネベルグさんと、トピーア・ウェドガイ・サメット様ですね」

「はい、そうですよ」

にこやかにトピーアが返事をする。

「お迎えにあがりました」

「ありがとうございますー」

兵士に引率《いんそつ》され、二人は謁見《えっけん》の間を後にした。

「中々面白《おもしろ》い奴《やつ》だな」

自室のベッドに腰《こし》を下ろすと、にこりともせずにラムリアはそう言った。

「ほほう、陛下はあのような男が好みでいらっしゃいましたか」

その揚《あ》げ足《あし》を、すかさずナフィンが取る。

「馬鹿《ばか》をぬかすな。面白いと言っただけだ」

「左様でございますか。そろそろ良いお年でいらっしゃるのに男性に興味《きょうみ》を示《しめ》されないものですから、実を言うと心配申し上げていたのですよ」

「どういう意味だ」

「さあ？」

曖昧《あいまい》で、なおかつ全《すべ》て分かっているとでも言わんばかりの笑《え》みを一瞬《いっしゅん》だけ浮《う》かべると、ナフィンは真剣《しんけん》な表情《ひょうじょう》に戻《もど》った。

「ウッドの探索《たんさく》の件《けん》ですが」

「ふむ。進展《しんてん》はあったのか？」

ラムリアの問い掛《か》けに、ナフィンは首を縦《たて》に振《ふ》った。

「おそらくは、私有地《しゆうち》に逃亡《とうぼう》したものと思われます。ストラドリー周辺に『訪れる残照《シャドウズフォール》』を放って調べさせたところ、ウッドと思われる人間が人目を忍《しの》ぶようにして現《あらわ》れたとの報《ほう》告《こく》が得られました」

「予想通り、か」

ふん、とラムリアは鼻を鳴らす。

「おそらく外部との連絡《れんらく》を取ろうとするはずだ。国内での奴の人脈《じんみゃく》は大方押《お》さえたはずだから、取るとしたら国外だろう。亡命《ぼうめい》の算段《さんだん》をしていると考えるのが一番現実《げんじつ》的だろうな」

「既《すで》に王国軍の国境守備隊《こっきょうしゅびたい》に指示《しじ》をしてあります。ロスホーラ、デスタメール、ラックスシイド辺りの国家からの出入りを重点的に取り締《し》まっています」

「うむ。鼠《ねずみ》一匹逃《ぴきのが》さぬように。ストラドリーにももう数名腕《うで》の立つ人間を送り圧力《あつりょく》をかけた方がいいな」

「かしこまりました。……さて」

ナフィンが表情を崩《くず》す。悪戯《いたずら》っぽく、からかうような笑顔。

「今日は珍《めずら》しくご自分で髪《かみ》を梳《す》かれたのですね」

「……ああ、まあな。貴様《きさま》の到着《とうちゃく》が間に合わなさそうだったし」

むすっと、視線《しせん》を逸《そ》らしたままそう言うラムリア。場の主導権《しゅどう》がどちらにあるかは論《ろん》を待たない。

「では、今日は梳かずともよろしそうですね」

「ば、馬鹿を言うな」

ベッドから腰を浮かすラムリアに、ナフィンは首を傾《かし》げてみせた。

「おや、どうなさいましたか。顔を赤くなされて」

「そうやって遊ぶのはやめろ、と言っているだろう……この愚《おろ》か者めが」

悔《くや》しそうにラムリアが吐《は》き捨《す》てる。

「おっしゃる通り、わたくしめは愚鈍《ぐどん》です。しっかり言葉にしてくださらないと陛下《へいか》の真意は測《はか》りかねますね」

対して、ナフィンはあくまで余裕《よゆう》を崩さない。

「……梳いてくれ、ナフが」

「ふふふ、正直なのはよいことですよ」

ナフィンは心底嬉《うれ》しそうに笑うと、ベッドの上に上がり、ラムリアの後ろに回った。

「綺麗《きれい》な髪ですね。毎度のことながらほれぼれします」

「世辞はいいから、早くしろ……」

「はいはい。ラムは辛抱《しんぼう》ができませんね」

言いながら、ナフィンは懐《ふところ》から櫛《くし》を取り出してラムリアの髪に入れる。

「ん……」

心地《ここち》よさそうに、ラムリアが目を閉《と》じた。

「わざわたしが梳くまでもありませんね。滑《なめ》らかで、綺麗」

「いいから続けろ。……なあ、ナフィンよ」

目を閉じたまま、ラムリアが言う。

「なんですか？」

「もし、余の身が危機《きき》に晒《さら》された時、ナフィンはあの男のように全力で守ろうとしてくれるか？」

「ええ、もちろんですよ」

ナフィンの返事に、ラムリアは初めて嬉しそうに微笑《ほほえ》んだ。

「ありがとう」

ターヤ・パシコスキ・トルネは一大決心をしていた。貴族としての自分、女の子としての自分、それら全《すべ》ての誇《ほこ》りと威信《いしん》を賭《か》けた、人生最大の大博打《おおばくち》である。

何だか前にも似《に》たようなことをした気がしないでもないが、今回こそは本気である。

「ターヤちゃん、どうしたのぉ～？　何か変だよぉ」

「挙動不審《ふしん》です。どうしたんですか？」

友人のパルミ・アイネズとコニン・グレイヴスが、口々に尋《たず》ねてくる。

「何でもございませんわ。どうぞお気になさらず」

この二人にも話すことは出来ない。話すと、かえって勇気が挫《くじ》けてしまいそうだ。

鞄《かばん》の中に手を入れて、持ってきたもの——想《おも》いの丈《たけ》を綴《つづ》った手紙の存在《そんざい》を確認《かくにん》する。

これを、渡《わた》すのだ。直接《ちょくせつ》言葉にして告げることは出来ずとも、読んでもらえば気持ちは伝わるはずだ。

渡す相手——詠唱《えいしょう》教室の教師である青年はまだ現れていない。普段《ふだん》は時間通りきっかりに姿《すがた》を現すのだが、今日に限《かぎ》ってはどうしたのだろう。

「今日の授業《じゅぎょう》、宿題なんだっけ」

「宿題をやってくるのを忘《わす》れるどころか内容《ないよう》まで忘れてるのか。だめだなあ」

「宿題の内容は、最近ヘールサンキに多発する怪事件《かいじけん》の調査《ちょうさ》だよ。これはおそらくロスホーラ帝国《ていこく》の陰謀《いんぼう》で……」

「はいはい。ギルビーの偽情報《にせじょうほう》はいいから」

詠唱教室の生徒達が、わいわいと騒《さわ》いでいる。

どいつもこいつも子供《こども》だとターヤは呆《あき》れる。大人の魅力《みりょく》を放つ彼と比較《ひかく》するのも馬鹿《ばか》らしい。

「はいはいー、授業始めるよ。遅《おく》れてごめんねー」

「あっ……」

鼓動《こどう》が加速する。彼が、現《あらわ》れたのだ。

「ちょっと行くところがあってねー」

「待ちくたびれたしー」

「罰《ばつ》として今日は宿題なし！」

「馬鹿言ってるんじゃないぞー。ほらほら用意しなさい」

騒ぐ子供達を、慣《な》れた様子でなだめすかし授業を受ける態勢《たいせい》へと持って行かせる。さすがだ。

そんな様をうっとりと眺《なが》めているうちに、ターヤはそこはかとない違和感《いわかん》をおぼえた。

青年の様子が、何か違《ちが》う。具体的にどうとは言えないのだが、授業に集中していないように感じられるのだ。

時折ぼんやりと遠くを眺めたり、思いに沈《しず》むような表情を見せたりしている。いずれも一瞬《いっしゅん》で、ターヤ以外の子供達は気づいてもいないようである。

嫌《いや》な予感が、湧《わ》き上がってきた。根拠《こんきょ》などないが、何かとてつもないことが起きそうな気がする。

鞄の中の手紙をきゅっと握《にぎ》りしめ、自分に言い聞かせる。

きっと、告白を前にしておびえているのだ。ただ、それだけのことである。だから、彼がいつもと違って見えたり、おかしな感覚に囚《とら》われたりするのだ。

深呼吸《しんこきゅう》をする。貴族《きぞく》の跡《あとと》取りとして、恥《は》ずかしくない行動を取らねばならない。女の方から求婚《きゅうこん》するだけで十分すぎるほどにはしたないのかもしれないが、それはそれだ。こちらから声をかけていかないと、きっと彼は気づいてくれないわけだし。

「何ー？　彼女でも出来たの？」

「違うよ。真面目《まじめ》な話」

ちゃちゃを入れてくる生徒達を制《せい》すると、彼は一旦《いったん》言葉を切った。

そのまま、無言で生徒達を眺め回す。

嫌な予感が強くなる。これから彼が何を言おうとしているのかは見当もつかないが、きっとよくないことに違いない。

「突然《とつぜん》で申し訳《わけ》ないけれど」

胸《むね》の奥《おく》に何かが突き刺さるような感覚、息が出来なくなるような錯覚。

「今日付で、僕《ぼく》――クラウス・マイネベルグはこの詠唱《えいしょう》教室を辞《や》めることになりました」

頭が真っ白になった。いったい彼は、何を言っているのだろう。

「先生はしばらく遠いところに行くことになるかもしれない。けど、きっと無事に帰ってくるから何も心配要《い》らないよ」

言葉を失っている子供達を、クラウスは一人ひとり見つめる。

「コニン。君の元気さ活発さはきっと大きくなっても役に立つからなくさないようにね。もう少し落ち着きを身につけたらもっといいと思うよ。

ギルビー。散々色々叱《しか》ったけど、調べることに対する君の姿勢《しせい》は立派《りっぱ》なものだと思うから、もっといい方向に生かすといい。掲示板《けいじばん》の記者なんて向いてるかもね」

戻《もど》ってくるというのに、どうしてこんな今生《こんじょう》の別れのような言葉を残すのだろう。

「スコットを筆頭にした悪ガキ三人。元気なのはいいことだけど、いたずらもほどほどにな。そのうちしっぺ返しにあうぞ。

パルミは、そうだなあ、俺《おれ》からあんまり言うこともないかな。今の時点でしっかり大人だし。大きなお世話かもだけど、自分の調子をこれからも守っていけるように心がけるといいかも。

同じことはブルーナにも言えるかな。自分の特技《とくぎ》を生かすって事が立派な大人になる第一歩だから、周囲を窺《うかが》いすぎて自分らしさをなくしたりしないように。

ナイーシャはとにかく好き嫌《きら》いを直しなさい。大きくなれないぞー」

言っていることは正しい。しかし、どうして今そういうことを言うのか。やめることになっても、また来ればいいではないか。

「トレヴァーは、もう少し運動したほうがいいかもね。無理してすることなんてないけど、太りすぎてると女の子にもてないぞー。……まぁ冗談《じょうだん》はさておき、体力はあるに越《こ》したことないぞ。体力なくて困《こま》ってる先生が言うんだから間違いない」

やがて、クラウスの視線《しせん》がターヤに向けられた。

「ターヤ」

優《やさ》しい、クラウスの声。いつも恋焦《こいこ》がれていた声なのに、今この瞬間だけは聞きたくないと思った。

「お世辞じゃなくて、君の才能《さいのう》はずば抜《ぬ》けていると思う。この教室で王国詠唱士に近い人がいるとすれば、それは君だ」

君という二人称《ににんしょう》に強い違和感がある。クラウスはいつも名前で生徒を呼《よ》んでいたのに、今日に限《かぎ》って君という単語を使っている。

クラウスにしてみれば真面目《まじめ》な話をするからそうしているのだろうが、ターヤには哀《かな》しくて仕方なかった。

そんなはずはないのだけれど、拒絶《きょぜつ》されているように感じるのだ。何か、クラウスが、遠い存在《そんざい》に変わってしまったような気分になってしまう。

「自分の才能に驕《おご》ることもないし、可能《かのう》性はとてもあるんじゃないかな。もちろん君の人生だから王国詠唱士を目指す必要なんてないんだけれど、視野に入れて損《そん》なことはないと思う。今すぐ勉強して来年受けるっていうのもありかもしれない。シーパースさん喜ぶよ、最年少記録を更新《こうしん》したら」

褒《ほ》められているのに、ちっとも嬉《うれ》しくない。

才能なんてどうでもよかった。詠唱士なんて興味がなかった。クラウスがいてくれればそれでいいのに、どうして分かってくれないのか。

「……みんな、俺がいなくなっても勉強頑張《がんば》るんだぞ。約束だからな」

それじゃあね。あっさりそう言って、クラウスは去っていった。

残された子供《こども》達の間から、嗚咽《おえつ》が漏《も》れ始めた。女の子の何人かが泣き出してしまったのだ。

ターヤは泣かなかった。不思議と、泣けなかった。

「ターヤちゃん……」

パルミが歩み寄《よ》ってきて、ターヤの隣《となり》に座《すわ》った。

「なん、ですの？」

ようやく言葉が出せたのは奇跡《きせき》に近かった。

「いいのぉ、このままで？」

危《あや》うく怒鳴《どな》りそうになる。そんなはずがない、そんなはずがあるわけはない。

「わたくし、は……」

「言いたいことは言っちゃった方がいいと思います。もう、会えなくなるかもしれないんですし」

コニンが、パルミの反対側に座ってそう言う。

「でも、でも」

「でもじゃない。今日できることは今日しなさい。明日死んだらどうするの」

ターヤの頭を、友人である霊感《れいかん》少女ブルーナ・ディッキンソンがぽんぽんと叩《たた》いてくる。

「くっ……」

ブルーナの手を払《はら》いのけると、ターヤは立ち上がった。

「みなさん、ありがとうございます」

ターヤの礼に、三人の友人達はみんな笑顔《えがお》で返してきた。

クラウスの歩く道は分かっている。ほどなくして、クレメンテ通りの途中《とちゅう》でその背中《せなか》を見つけ出すことができた。

再《ふたた》び違和感《いわかん》。クラウスの背中が、大きくなっているように見えたのだ。

二十を越《こ》えた人間がいきなり大きくなることはない。しかし、それでも、ターヤにはそう見えてならなかった。

「せん、せい……」

走ったせいで荒《あら》い息になっている。そのせいか大きい声を出し損《そこ》ねた。聞こえていなかったらしいクラウスは、すたすたと歩き去ってしまう。

「先生……クラウスさん！」

慌《あわ》てる余《あま》り、声量の調節をし損ねた。ほとんど絶叫《ぜっきょう》のような呼《よ》び声に、通りを行きかう人達が何事かと足を止める。

そんなことはこの際《さい》問題ではなかった。足を止めて振《ふ》り返るクラウスのもとへ、ターヤ

は駆《か》け出す。

「どうしたんだい、ターヤ」

「それは……」

クラウスの前に立った途端《とたん》、勇気が挫《くじ》けた。簡単《かんたん》に、野花を手折《たお》るかのように。

「……先生に、お願いがありまして」

そんなことを言うつもりではない、そんなことを伝えに来たのではない。

「お願い？」

「わたくし、詠唱士《えいしょうし》を目指すかもしれません」

違《ちが》う。何を言っているのだ、自分は。

「本当かい？」

クラウスが相好《そうごう》を崩《くず》す。

「嬉《うれ》しいけど怖《こわ》くもあるな。教え子に抜《ぬ》かされたとあっちゃ面目《めんぼく》丸つぶれだ」

「それでは、完膚《かんぷ》なきまで破壊《はかい》して差し上げましょう」

自分が嫌《いや》になった。どうしてここ一番というところで臆病《おくびょう》になってしまうのか。

「ですから、また教室においでになってくださいな」

「うん。約束するよ」

「ありがとうございます」

それきり会話が途絶《とだ》えた。

「……やっぱり名残惜《なごりお》しいなあ」

先に口を開いたのはクラウスだった。苦笑《くしょう》しながら、持っていた杖《つえ》で肩《かた》を叩《たた》く。

今が最後の好機だ。ターヤにもそれくらいは分かった。

鞄《かばん》に手を突《つ》っ込《こ》み、手紙を摑《つか》む。これを渡《わた》してしまうのだ。そうすれば、自分の気持ちを分かってもらえる。

「それじゃ、またね。次に会える時は、もっと美人になってるかな？」

らしくもない冗談《じょうだん》を口にすると、クラウスはターヤに背を向けた。

「あっ……」

どんどんと遠ざかるクラウス。もう一度追いかけようとしたが、足がその場に縫《ぬ》い止められたかのように動かない。

ちらりとクラウスがこちらを向き、手を振ってきた。

無理に笑顔を作り、振り返す。

少し恥《は》ずかしそうに笑うと、クラウスはまた歩き出した。今度は二度と振り返ることなく、雑踏《ざっとう》の中に消えていく。

何もできず、ただ見送るしかなかった。
クラウスが見えなくなってからも、ターヤはずっとずっとその場に立っていた。
鞄の手紙に手をやったまま、ただ立ち尽《つ》くす。
一度も開かれることのなかった手紙を、強く強く握《にぎ》り締《し》めたまま。

第二章　雪に閉《と》ざされた村　In The Village Of The Ice And Snow

夢《ゆめ》とも現《うつつ》ともつかぬ、幻《まぼろし》と現実《げんじつ》の境界線《きょうかい》を、エルリーは漂《ただよ》っていた。

自分の身に何が起こっているのか、判然《はんぜん》としない。何かの素材《そざい》として扱《あつか》われているという自覚はあったが、今ひとつ実感が湧《わ》かないのだ。

おそらくは催眠詠唱《さいみんえいしょう》か何かをかけられているのだろう。この脱力感《だつりょく》と虚無感《きょむ》と倦怠感《けんたい》が何よりの証拠《しょうこ》だ。

普通《ふつう》の催眠詠唱は使う対象への悪影響《えいきょう》を考慮《こうりょ》して効果《こうか》を抑《おさ》えたものを使用するのが基本《きほん》である。しかし、今エルリーにかけられているのは手加減《てかげん》なしの強力なものだ。使い捨《す》てにするつもりがありありと分かる。

まだそうやって分析《ぶんせき》する余力《よりょく》が残っているのは、大変奇跡《きせき》的なことだ。そのうちになんとか逃《に》げ出す手段《しゅだん》を考え出そうと思ったのだが、見つからない。完全に、八方塞《ふさ》がりだった。

何が伝説の詠唱士なのだと思う。自分はこんなにも、無力だ。

元々、力を発揮《はっき》できる場面が限《かぎ》られているし、発揮することに伴《ともな》う危険《きけん》も大きすぎる。本来直接《ちょくせつ》戦うのを得手としていたわけでもなかったから、ちょっとした駆《か》け引きで簡単《かんたん》にひっくり返されてしまう。

情《なさ》けなさに涙《なみだ》が出そうだ。どうせ液体《えきたい》の中で浮《う》かんでいるのだから涙が出たところで、混《ま》じって溶《と》け込んでしまうだけなのだが。

むしろ悔《くや》し涙を流すだけの感情《かんじょう》が残っていること自体が奇跡的である。意識《いしき》を保《たも》っていられるのも、そう長いことではないのかもしれない。

ふと、誰《だれ》かの気配を感じた。気配というよりは、魔力《まりょく》を感じた、と表現した方が近いかもしれない。

作り物であることを隠《かく》そうともしない、空っぽの魔力。そこにいるのが誰で——否《いな》、何であるか、エルリーにはすぐ分かった。

髪《かみ》の長い少年の形をした、何か。感情も意思も意識も自我《じが》もない、ただ指令を忠実《ちゅうじつ》に守るように『製作《せいさく》』された、行き過《す》ぎた魔術体系《まじゅつたいけい》の落とし子。

ジェシー——いや、今はハワードといったか。エルリーの生み出した技術《ぎじゅつ》によって作られた魔製人形《パペット》である。

うっすらとエルリーは目を開く。液体の向こう、つまりは筒《つつ》の外側に、ハワードは立っていた。

そう、ただハワードは立っていた。その目はエルリーに向けられているが、エルリーを見ているのかどうかは定《さだ》かではない。おそらくは見ていないのだろう。

動くこともなく、ハワードはエルリーを見つめ続けている。

消え残る意識が苛《さいな》まれるほどに、辛《つら》い光景だった。

恨《うら》んだり、憎《にく》まれたりするのならまだいい。それがどれほど負の方向に位置している感情であったとしても、相手が生きていると感じられるから。

ハワードは生きてはいない。動くし、呼吸《こきゅう》もする。しかしあくまでそれはそう機能《きのう》するように設計《せっけい》されたからである。

ハワードは、ただそこに、あるだけなのだ。


ストラドリー地方は、王都ヘールサンキから若干《じゃっかん》北に向かったところを指して言う。

夏は涼《すず》しいので避暑《ひしょ》地として親しまれているが、冬にもなると雪に閉ざされるので訪《おとず》れる人はほとんどいなくなるような土地だ。

さしたる特産物もなく、定住する人間も代々の土地の者以外にはいない。よくある地味な田舎《いなか》、といった趣《おもむき》である。

「さ、さむいね……」

そんなル・リチャーズの村近くに、クラウス達はやって来ていた。

「そうですか？　僕《ぼく》が生まれたところに比《くら》べたらたいしたことないですよ」

トピーアが何でもないことのように言う。地面には雪が積もり木々にも白い花が咲《さ》くという北国仕様の風景の中にあって、彼女はヘールサンキにいるような軽装《けいそう》だった。

空から大粒《おおつぶ》の雪が降《ふ》っているので傘《かさ》をさしているが、背中《せなか》に背負《せお》った大きな荷物とあいまってどう見ても雨の日の買い物姿《すがた》か何かにしか見えない。

「俺《おれ》が生まれたところに比べたらとんでもないところなんだけど……」

対照的《たいしょう》に、クラウスはコートを着込みフードを被《かぶ》り背中を丸めていた。首を竦《すく》めすぎて、肩《かた》がひどくこってしまっている。

「もー、だらしないですね。さあ行きますよ！」

トピーアが威勢《いせい》良く歩き出す。寒さに強いことで得意になっているのだろう。

しかし威勢良く歩き出すのはトピーアに限《かぎ》って大変危険《きけん》だ。

そのことを注意しようとしたその瞬間《しゅんかん》、トピーアの体は銀雪に飲み込まれた。

「ああ……」

目を覆《おお》いたくなるような光景である。

「あ、あうう」

流石《さすが》と言うべきか、立ち上がるのは早かった。しかし、体は上から下まで見事に雪まみれだ。

「薄着《うすぎ》だし、このままだと濡《ぬ》れて冷えて風邪《かぜ》を引いちゃうかもしれないな。とりあえず、どこか宿でも見つけて着替《きが》えた方がいいよ」

「はい……」

恥《は》ずかしそうに体についた雪を払《はら》い落とすトピーア。顔が赤いのは、冷たい雪に突《つ》っ込んだからだけではないだろう。

しばらく歩くと、人里が見えてきた。

「あれがル・リチャーズの村ですね。先に調査《ちょうさ》している最上級階層《マジエスティ》の人がいるはずです」

懐《ふところ》から取り出した地図を眺《なが》めながら、トピーアが言う。

「先に誰か来てるんだ」

「ええ。情報収集《じょうほうしゅうしゅう》が専門《せんもん》の助性詠唱士《じょせいえいしょうし》さんです。『訪れる残照《シャドウズフォール》』っていう呼《よ》び名で通っている人なんですけど」

「ああ、ジミー・デグラスか」

聞いたことがある。詠唱を使った変装が得意で、その真の姿は同僚はおろか国王でも知らないという人物である。

「そうそう、さすがよくご存知《ぞんじ》ですね。そのジミーさんが先に調べてて、どうもルー・リチャーズにウッドが身を隠《かく》しているらしいという情報を送ってきたんです。僕達は彼に国王陛下《へいか》の勅令《ちょくれい》を渡《わた》すのと、調査の手伝いをするのが目的ですよ」

「ああ、それは出かける前に聞いたから分かってるけど……」

クラウスはとんとんと杖《つえ》で肩を叩《たた》いた。

「その、そういう行動ってもっと慣《な》れてる人がやるものじゃない？　トピィはともかく、俺はまだ何の経験《けいけん》もない駆《か》け出しだし」

「まあそれは確《たし》かにそうかもしれないですけれど、仕方ない面もあるんですよ」

トピーアが杖を抱《かか》え直す。

「現在《げんざい》王国詠唱士は王国中のあちこちに飛んでます。掲示板《けいじばん》でも話題になってますが、不《ふ》審《しん》な事件《じけん》や動きが王国中で起きてまして」

「なるほど……」

クラウスの脳裏《のうり》に掲示板の記事が甦《よみがえ》る。強盗《ごうとう》、夜盗や王国軍施設《しせつ》に対する正体不明の攻《こう》撃《げき》。少数民族が不穏《ふおん》な動きを見せて王国軍隊と小競《こぜ》り合《あ》いになったり、王室を中傷《ちゅうしょう》するビラが王都中にまかれたり国王自身が刺客《しかく》に襲《おそ》われたりと、最近国民を不安にさせる事件が多発している。

「情報管制《かんせい》が敷《し》かれているので公《おおやけ》にはなっていませんが、コティペルト王国と仲のよくないロスホーラ帝国《ていこく》のような隣国《りんごく》による工作活動だという説が当局の間では有力です」

随分《ずいぶん》と大きな話である。つい最近までただの一般《いっぱん》市民だったクラウスには怖《こわ》い怖くない以前の問題として実感そのものが湧《わ》かない。

「まあ、僕達が気にしすぎることはないですよ。言われた命令をしっかりこなしていれば大丈夫《だいじょうぶ》です。最近の国王陛下は見違《みちが》えるように立派《りっぱ》になられましたし」

「え、そうなんだ」

「ええ。この前初めてお目通りしたクラウスさんには分からないでしょうけど、もうこれまでの陛下ときたら……」

「止まりなさい」

突如《とつじょ》、二人の行く手を交差する棒状《ぼうじょう》の物体が塞《ふさ》いだ。

「うわっ」

驚《おどろ》いて立ち止まる。

「君達は何者かね。この村に何をしに来た？」

棒状の物体の正体は、二本の槍《やり》だった。

「ル・リチャーズでは、国王陛下の名において外出禁止令《きんし》が敷かれている。何人《なんぴと》たりとも、許可《きょか》なく行き来することは許《ゆる》されていない」

槍を持っているのは、いずれも屈強《くっきょう》そうな若者《わかもの》だった。王国軍の制服《せいふく》を着たりしているわけではないから、私兵《しへい》や民兵の類《たぐい》だろう。厚着《あつぎ》をして深々とフードをかぶっているので、人相までは判然《はんぜん》としない。

「ええと、それは……」

「すいません、僕達は櫛《くし》の行商をしておりまして。雪に巻《ま》き込《こ》まれてしまったので一夜の宿をお願いしたく参ったのです」

背負《せお》った荷物から、トピーアは櫛を取り出してみせる。

これは、出かける前から決まっていた筋書《すじが》きである。ル・リチャーズはウッドの私領《しりょう》であり、息のかかった人間があちこちにいると考えておかなければならない。

そんな場所に杖を構《かま》え『愚者の鎖《バスタードチェイン》』をぶらさげて自分達は王国の手の者ですよとずかずか踏《ふ》み込んでいくのはあまり得策《とくさく》とはいえない。

というわけで、クラウスとトピーアは櫛の行商を行う兄妹という設定《せってい》で行動していた。

「ふむ……」

若者達が目配せしあう。どうすべきか、迷《まよ》っているらしい。

「僕も、ダグお兄さんも身寄《みよ》りがないんです……もちろん行く当てもなくて。泊《と》めてもらえないと、凍《こご》え死ぬしか……うう、うっうっう」

追《お》い討《う》ちをかけようと思ったのか、やや過剰《かじょう》とも言える演技《えんぎ》でトピーアが頼《たの》み込む。

ちなみにダグというのはクラウスの偽名《ぎめい》である。念には念を入れてということらしい。トピーアの偽名はチャッピーで、本人曰《いわ》く間違っても男に間違われないようにするためのものだそうだ。

「仕方ない。入りなさい」

若者の片方《かたほう》がそう言った。

「おい……」

もう一人が不満そうな声を出す。

「まあ、構《かま》わないだろう。可哀想《かわいそう》じゃないか」

「うーん……」

「責任《せきにん》は俺が取る。……さあ、行くといいよ」

発言権《けん》の強い方を味方につけることに成功したらしい。とんとん拍子《びょうし》に話が進んでいく。

「ありがとうございますっ。それでは」

そそくさとトピーアが村の中へ入っていった。ぼろが出る前に侵入《しんにゅう》という腹《はら》づもりだろう。

「か、感謝《かんしゃ》しますー」

クラウスもあわててその後を追いかける。

「お兄ちゃん、弟をしっかり面倒《めんどう》見てやるんだぞ」

通してくれた門番が、横を通るクラウスにそんなことを言う。

「……弟？」

トピーアの小さな背中《せなか》がぴくりと大きく動く。

「だれが、おとうとですって？」

「いくぞトピィ！　じゃなかったチャッピー！」

その背中を突《つ》き飛ばすようにして、クラウスは村の中へと一目散に向かった。


村の中は死んだように静まり返っていた。動く生き物の気配がしない。まるで、降り積《ふ》もる雪に息の根を止められてしまったかのように、風景そのものが押《お》し黙《だま》っている。ちらちらというよりはどっさりと雪が降り注いでいる。

「おとうと……おとうと……？」

ぶつぶつとうわごとのようにトピーアが繰《く》り返している。間違《まちが》われたのがよほど悔《くや》しいのだろう。

「な、なあに。相手の目を欺《あざむ》けたということさ！」

「そ、そうですよね。うん。作戦行動だから仕方ないんです。目的の前には小さな自尊心《じそんしん》など黙殺《もくさつ》しなければならないのです。……って、前にも似《に》たようなことがあったような……」

またしてもトピーアの体から不機嫌《ふきげん》さが霧《きり》となって立ち上り始める。

「さ、さて！　宿を探《さが》さないとな！」

クラウスは強引《ごういん》に話題を逸《そ》らすことにした。

「とは言ってみたものの、果たして泊まらせてもらえるのだろうか」

詳《くわ》しい事情《じじょう》は分からないものの、この辺一帯に外出禁止《きんし》令が敷《し》かれているらしい。国の命令だという風にさっきの民兵風の若者《わかもの》達は言っていたが、そんな命令はおそらく出ていない。

となると、おそらく何者かが——高い可《か》能《のう》性でこの地方の事実上の支配《しはい》者であるウッドが——勅令《ちょくれい》を騙《かた》りそういう指示《しじ》を出しているのだろう。

領民達《りょうみんたち》に自身が取った行動や国王が下した処罰《しょばつ》が知れ渡《わた》ると、最後の基盤《きばん》が足元から崩《くず》れてしまうことになりかねない。そのため目と耳を塞《ふさ》いでしまうという手段《しゅだん》に出たのだろう。

「あ、あそこに宿って看板《かんばん》が出てますね」

雪に半《なか》ば埋《う》もれた木の塊《かたまり》のようなものを、トピーアが指さした。

「どれどれ……あ、ほんとだ」

近づき雪を払《はら》い落としてよく見てみると、確《たし》かに「お泊まり所・アーケストダワー」という文字が書き付けられているのが見えた。

「よく分かったなぁ」

「えへへ、雪国育ちをなめてはいけませんよー」

得意気にそう言うと、トピーアは建物の扉《とびら》を叩《たた》いた。

中から反応《はんのう》はない。

「うーん、留守《るす》でしょうか？」

「留守と言うよりは、警戒《けいかい》してるのかな」

基本的に平和なコティペルト王国において、外出禁止令が発動されることなどまずない。一般《いっぱん》市民が怯《おび》えるのは当たり前だろう。

「ならば奥《おく》の手です」

おほんと咳払《せきばら》いを一つすると、トピーアは泣き出しそうな声色《こわいろ》を作った。

「す……すいません……どうか、どうか一晩泊《ばんと》めていただけませんか……ごほごほ」

先程《さきほど》と同じく、やや行き過《す》ぎとも言えるなりきりぶりである。そう何度もこんなクサイ芝居《しばい》が通るものだろうか。

クラウスが不安に思っていると、扉が中から開いた。

「……今、お客さんをとっていないんですが……」

中から出てきたのは、矯正鏡《きょうせいきょう》をかけた実直そうな青年だった。

「お願いします、お願いします」

顔が地面につきそうなほどに深く、トピーアは何度も何度も頭を下げた。

「うーむ……」

おそらくはこの宿の主だろう青年の表情が、弱り切ったものに変化する。

「え、えーと。僕《ぼく》達は今行商をしてまして、この村に来たわけですが、もう泊まる場所もなくて、だからここに泊めてほしいのです」

何とか追い打ちをかけようと頼《たの》み込んでみたが、我《われ》ながら拙《つたな》いことこの上ない。

振《ふ》り返ったトピーアが睨《にら》み付けてきた。下手なことをするくらいなら黙《だま》っていろとでも言いたげだ。

「そうですか……。ならば、仕方ありません。自分の宿に泊まっていってください」

決心したように、青年が頷《うなず》いた。

「どうぞ、泊まっていってください」

「あ、ありがとうございますっ！」

トピーアが先程までとは別人のようにはしゃぐ。

「部屋の準備《じゅんび》は出来てませんので、お一つの部屋を使っていただきますが……」

青年が、クラウスとトピーアを見比《みくら》べた。

「お二人とも男性なようですし、構《かま》いませんね」


激昂《げっこう》するトピーアをあの手この手でなだめながら、クラウスは案内された部屋に入った。

一番初めに暖炉《だんろ》が目についた。詠唱《えいしょう》で火をおこす種類のものだ。

ベッドは二つ並《なら》んでいる。普通《ふつう》のつくりの、安そうなベッドである。

窓《まど》は見るからに分厚《ぶあつ》そうで、外の寒さをしっかり防《ふせ》いでくれるだろう。ひとまずのんびりと休息を取ることができるに違いない。

「素泊《す》まりということでよろしいでしょうか。お食事の用意もしておりませんので……」

青年が申し訳《わけ》なさそうに言う。

「ええ、構いませんよ。泊めて頂《いただ》けただけでも感謝《かんしゃ》しています」

クラウスの言葉に、青年は安心したように表情《ひょうじょう》を緩《ゆる》めた。

「寒かったでしょう。暖炉はご自由にお使い下さい。それでは、失礼いたします」

青年が部屋から出て行くと、トピーアは不満をぶちまけ始めた。

「まったく……誰《だれ》も彼も人のことを男の子と間違《まちが》えて！　大変不愉快《ふゆかい》です！」

「いやでもまあ、いつものことなんじゃないの？」

「だから腹《はら》が立つんです！」

詠唱して、暖炉に火をつけるトピーア。

ぼわっと、油でもこぼしたような勢《いきお》いで炎《ほのお》が立ち上った。

「ほんっとにもう……」

忌々《いまいま》しそうにそうつぶやくと、トピーアは片方《かたほう》のベッドに腰掛《こしか》けた。

「みんな、中々気づいてくれないね」

「クラウスさんも初めは間違えましたしねー」

「ぐっ……」

当たり障《さわ》りのないことを言ってなだめようとしたが、逆効果《ぎゃくこうか》だったらしい。

「ふんだ」

鼻を鳴らすと、トピーアはシーツをかぶってしまった。

「まぁまぁ、そう拗《す》ねるなよー」

もう一つのベッドに座《すわ》り思案する。どうすればトピーアの怒《いか》りを静《しず》めることが出来るだろう。

「……どうせ僕なんて……みんなみんな……」

ぼそぼそとトピーアが文句《もんく》を言っているのが聞こえてくる。

「でもさ、トピーア本当は可愛《かわい》いんだし、きっとよさに気づいてくれる人もいるよ」

嘘《うそ》を言ったつもりはない。機嫌《きげん》を取ろうとしていたのは事実だが、偽《いつわ》りない本心である。

「……へぇ」

しかし、シーツから顔を出したトピーアの表情はそれまでと全く違うものに変化してしまっていた。

なんと表現すればいいだろうか。怒りでも悲しみでもない、これまでトピーアがしたこともないような表情である。

「ほんとですか？」

「う……うん」

いきなりのことで、面食《めんく》らってしまう。

「ふーん。そうなんだぁ」

何を急に怒《おこ》り出したのだろう。理由を考えてみるが、まったく思い当たるふしがない。

「その気づいてくれる人っていうのは、誰なんですか？」

「えっ……誰って、それは……」

「クラウスさんじゃないですよね」

トピーアの目が、すっと細くなる。子供《こども》のする目ではない。

「え、俺《おれ》？　いや、でもトピーアはいい子だとおもうよ？」

「はいはい、ありがとうございます」

そう言い捨《す》てると、トピーアはまたシーツを被《かぶ》り直してしまった。

「ど、どうしたのさ急に……」

「どうもしませんようだ」

すっかり弱り切っていると、いきなり扉《とびら》が開いた。

「……は!?」

「失礼いたします」

入ってきたのは、こんなところに入ってくるはずのない人間だった。

「王国警察《けいさつ》の者です」

「いや知ってるし！」

男前だがどこか不真面目《ふまじめ》さを感じさせる顔立ちを見ればすぐに分かる。クラウスとは腐《くさ》れ縁《えん》の友人だか何だかよく分からない間柄《あいだがら》の王国警察官、ルドルフ・シェンルーだ。

「そうですか、それは好都合です。是非《ぜひ》お願いしたいことがありまして」

不気味なほどに丁寧《ていねい》な言葉遣《づか》いである。一体何があったというのか。ただでさえややこしいのに、想像《そうぞう》だにしない方角から予想だにしない邪魔《じゃま》が現《あらわ》れた。

「何だよ。こんな北国まで来てナンパの相談か」

「……ナンパとは、一体どういうことでしょうか」

ルドルフの表情が、硬くこわばる。彼らしからぬ表情だ。

「いやー、だって他にルドルフがやることって思いつかないし……」

クラウスの言葉に、ルドルフは顔を紅潮《こうちょう》させた。そしてかぶっている制帽《せいぼう》を直しながら、猛然《もうぜん》とクラウスに抗議《こうぎ》を始める。

「捜査《そうさ》中である王国警察官への協力はコティペルト王国警察官職務執行法《しょくむしっこう》第七条により義《ぎ》務《む》づけられています。また、個人《こじん》に対するいわれのない中傷《ちゅうしょう》は……」

『群雲《むらくも》焦がす怒りの焔《ほのお》、滅《ほろ》びにまろぶ愚《おろ》かな者に、等しく裁《さば》きとその断罪《だんざい》を！』

その抗議が皆《みな》まで終わる前に、杖《つえ》をひっつかみクラウスは攻性詠唱《こうせいえいしょう》を唱えた。

「なっ、何を……」

『紅炎激落《こうえんげきらく》、猛厳疫爆《もうげんえきばく》！』

動転している王国警察官に、情《なさ》け容赦《ようしゃ》なく『灼焔の青嵐《ファイヤーウインド》』を叩《たた》き込《こ》む。

鍵言《けんげん》を通常《つうじょう》のものから若干変更《じゃっかんへんこう》し、クラウスの出せる瞬間《しゅんかん》出力の全てを用いて変換《へんかん》した魔力《まりょく》の炎《ほのお》が、瞬間的に王国警察官を飲み込む。

「……質問《しつもん》があるのですが」

炎は、まるで息を吹《ふ》きかけられた蠟燭《ろうそく》の明かりのように消滅《しょうめつ》した。

「あなたは、どうやって私の正体を見破《みやぶ》ったのですか？」

そこに立っていたのは、妙齢《みょうれい》の美女だった。イヴニングドレスのような煌《きら》びやかな衣装《いしょう》に、かかとの高い靴《くつ》を履《は》いている。やや濃《こ》い目の化粧《けしょう》が、いかにも大人の女性といった魅《み》力《りょく》を放っていた。

「簡単《かんたん》なことですよ」

油断することなく杖を構《かま》えながら、クラウスは答える。

「ルドルフが俺に丁寧な言葉遣いをするはずがありません」

「……お知り合いでしたか。これは失敗」

女性は残念そうに微笑《ほほえ》んだ。

「印象に残っていたので使ってみたのですが。こういう事態《じたい》が起こることを予測《よそく》すべきでしたね」

「貴方《あなた》は何者ですか？」

「わたしにとって、おそらくもっとも答えにくい質問ですね」

女性が顎《あご》に手を当てる。

「何しろ――」

クラウスがまばたきをしたその瞬間、信じられないことが起こった。

「わたしは――」

女性が、先程《さきほど》まで話をしていたこの宿の青年に変わっていたからだ。

「元の自分がどんな姿《すがた》をしていたのか思い出せないのです」

声も、姿も、服装《ふくそう》も。まるで、初めからそこにいたかのように。

「ジミーという名前から想像するに、男だったことは間違《まちが》いないようですが。一日に五度は性別が変わるので自信もなくなりました」

「最初は僕も気づきませんでしたよ」

シーツから顔を出したトピーアが、そう言った。

あまり緊張《きんちょう》した様子は見られない。友人を前にしたような気軽さがある。

「ジミー……というと、『訪れる残照《シャドウズフォール》』の方ですか」

「はい、初めまして。失礼をいたしました」

青年が頭を下げる。

「ジミー・デグラスと申します。以後お見知りおきを」

『訪れる残照《シャドウズフォール》』。変化系統《けいとう》の詠唱《えいしょう》を使いこなし、その変装は陽光をも欺《あざむ》くとまで言われる達人である。

「ちなみにトピーアはどこで気づきましたか？」

「いくら何でも、マギレルさんの姿で現《あらわ》れられたら分かりますよ。あの人今産休中でしよ」

「おっと、それもそうですな」

青年改めジミーが、苦笑《くしょう》した。

「ではこちらからも助言を。トピーアの演技《えんぎ》は少々やり過《す》ぎです。村の入り口でも、自分が助け船を出さなければどうなっていたことか」

「……え、そうでした？　僕としてはうまくやったつもりなんだけど……」

「まだまだですな。修行《しゅぎょう》が足りません」

そう言うと、ジミーは破顔《はがん》する。

「入り口……？」

話が見えない。怪訝《けげん》そうにしていると、

「ああ、村の入り口でかばってくれたのは、あれ実はジミーさんなのです」

「そ、そうだったんだ」

村の兵士に化けて潜《もぐ》り込んでいたというのか。げにおそるべき実力である。

「何なら自分が稽古《けいこ》をつけてあげましょうか？」

ジミーが笑う。

「いきなりロスホーラに単独潜入《たんどくせんにゅう》させられそうで怖《こわ》いです」

「なに、ようは度胸《どきょう》です。慣《な》れればデスタメール軍の作戦会議にも出席できますよ」

さらりとジミーがとんでもないことを言った。

「……ってことは、ジミーさん」

トピーアの声の温度がどんどん下がっていく。

「二度も僕のことをわざと男の子と間違えたんですか？」

「こちらの方はどなたです？」

トピーアの言葉が聞こえていなかったかのような素振《そぶ》りで、ジミーがトピーアに質問する。

「彼は僕《ぼく》が推挙《すいきょ》した準《じゅん》詠唱士さんです。……いや、それは後回しで。質問《しつもん》に答えてください」

「軽い冗談《じょうだん》ですよ。厳《きび》しい任務《にんむ》にはちょっとした諧謔《かいぎゃく》の精神《せいしん》が必要です」

割合《わりあい》本気で怒《おこ》っているトピーアに対しても、ジミーは屈託《くったく》がない。これも潜入任務の賜物《たまもの》だろうか。

「……まぁ、許《ゆる》してあげましょう」

不承不承《ふしょうぶしょう》と言った口ぶりで、トピーアがベッドから降《お》りた。

「指令書を陛下《へいか》からお預《あず》かりしてきました。読んでください」

「なるほど。ありがとうございます」

トピーアから巻物《まきもの》を受け取ると、ジミーは詠唱する。

『隠《かく》れる贖《あがな》い捲《まく》れる償《つぐな》い、全てはひとえに捻《ねじ》れる性《さが》なし。真解擬《しんかいぎ》層《そう》、凜街見《りんがいみ》操《そう》』

これは『心賞の剤源《マインドクライム》』という詠唱である。かけられている暗号を解《と》くためのものだ。例えば封印《ふういん》詠唱のように、決められた単語を合い言葉として設定《せってい》することにより秘密《ひみつ》を保持《ほじ》したまま書類を扱《あつか》うことが可能《かのう》になる。

「……ふむ」

さらりと目を通すと、ジミーは巻物をくしゃくしゃにしてから暖炉《だんろ》に投げ込んだ。

「指令が来たので自分はこれで失礼します」

指令の内容《ないよう》がなんであるかは一切《いっさい》口にせず、ジミーは部屋から出て行った。

当たり前の行動なのだろうが、一流の詠唱士の任務に対する姿勢《しせい》を垣間《かいま》見たような気がして、改めて気合いを入れ直すクラウスだった。

「そうそう」

しかし、部屋にコティペルト王国国王が入ってくるという想像《そうぞう》を超越《ちょうえつ》した事態《じたい》に、入れ直した気合いは雲散霧消《むしょう》した。

「この宿の主《あるじ》はしばらく帰ってこないので、自由に拠点《きょてん》として使うと良いぞ」

「へっ、へいか!?」

「……ジミーさん。慣れてないクラウスさんが真に受けるのでそういう冗談はよしておいた方がいいですよ。あとしばらく帰ってこないって何をしたんですか」

「宿の主は突然《とつぜん》旅に出た。一週間ほどすると帰ってくる予定だ。

ちなみにさっきも余《よ》が言ったとおり、諧謔の精神が任務には不可欠なのだ。慣れぬ相手がいるのなら特にな」

一度しかラムリアと間近に話したことのないクラウスだが、ジミーが完全になりきっていることは簡単《かんたん》に推測《すいそく》できた。口調といい立《た》ち居振《いふ》る舞《ま》いといい、おそらくうり二つだ。

「では余は行くぞ。健闘《けんとう》を祈《いの》る」

そう言い残し、今度こそラムリアではなかったジミーは部屋を後にした。

「まったくもう。相変わらず悪戯《いたずら》好きな人なんですから」

腕《うで》を組み、トピーアが溜息《ためいき》をつく。

「……いやあ、まだ心臓《しんぞう》がばくばくいってる」

「あはは。まぁ最初のうちは僕も散々騙《だま》されましたよ。ガス爺《じい》の格好《かっこう》で温泉に入ってきた時はたらいぶつけちゃいました」

何というか、笑うに笑えない挿話《そうわ》である。記憶《きおく》を辿《たど》り、いつだったかの露天風呂《ろてんぶろ》にトピーアがいたかどうか思い返してみる。確《たし》かいなかったはずだ。トピーアに近い体つきの女性は何人かいたものの。

「クラウスさん。その微妙《びみょう》にいやらしい表情《ひょうじょう》はなんですか？」

「もちろんなんでもないよ。これからの行動について多角的な視点《してん》から考察を加えていたんだ」

「怪《あや》しさ大暴発《ぼうはつ》ですが見逃《みのが》してあげましょう。ちなみにこれからの行動はおそらく陽動です」

「そうなんだ？」

内心をなんとか誤魔化《ごまか》しきったことにこっそり安堵《あんど》しつつ聞き返す。

「ええ。単独《たんどく》でジミーさんが活動している時点で、僕達が直接《ちょくせつ》的に助けに入る必要はありません」

トピーアの言葉にためらいや不安の類《たぐい》に感じられない。完全な自信があるのだろう。

「それじゃクラウスさん、とりあえず万が一のために結界を張《は》っておきますね」

「うん、分かった」

部屋から出て行きかけて、トピーアはふと考えるような仕草を見せた。

「ん、どうしたの？」

「いいことを思いつきました」

「いいこと？」

「万が一に備《そな》えてのことです。クラウスさんも手伝ってください」

そう言うと、トピーアは部屋から出て行った。

「……何だろう？」

不思議に思いつつ、クラウスはその後を追いかけたのだった。

「いいこと」

頭に積もった雪を払《はら》おうともせず、サビーネは部下達に命令した。

「今すぐ、今日中に、絶対《ぜったい》に、わたしが眠《ねむ》れる場所を確保《かくほ》しなさい。とりあえず屋根がついてればいいわ」

目が据《す》わっている。

「もし見つけられなかった場合は、もう言うのもめんどくさいわね。さっさと探《さが》してきて」

サビーネが一体どんな言葉を省略《しょうりゃく》したのか理解《りかい》したであろう子分達は、蜘蛛《くも》の子を散らすように駆《か》けだした。

「さ……さむい……」

身震《みぶる》いすると、サビーネは近くの木にもたれながらしゃがみ込《こ》んだ。

歯の根が合わない。いつものように子分達を脅《おど》かしてはみたものの、実際《じっさい》のところはもはや怒鳴《どな》る気力もないほどに消耗《しょうもう》している。

やはり、根本的な体力の違《ちが》いが出てきていた。その多くが山賊《さんぞく》だったり無法者だったりする子分達はみんな頑丈《がんじょう》だが、どこまで行っても詠唱士《えいしょうし》であるサビーネには、この厳寒《げんかん》には耐《た》えきれないものがあるのだ。

さすがにこれだけ寒いと思考が鈍《にぶ》ってくる。膝《ひざ》を抱《かか》えたまま、目の前の白い地面を呆然《ぼうぜん》と眺《なが》める。

「大丈夫ですか、サビーネさん」

ぱさり、と肩《かた》に何かが掛《か》かった。

「ん……」

顔を上げる。そこには、ぶるぶる震えるヨハンの姿《すがた》があった。

「何で上着着てないのよ……って」

そこでようやく、サビーネは自分の肩にかけられているのがヨハンの上着だということに気づいた。

「べ、別にいいわよ。あんた着てなさいよ」

上着を脱《ぬ》ぎ、押《お》しつけようとする。

「さっきは無茶《むちゃ》な命令をしたわりに、何でこれは断《ことわ》るんですか」

おかしそうにヨハンが尋《たず》ねてきた。

「それは……」

照れくさいからだ、なんてことは口が裂《さ》けても言えない。首領《しゅりょう》として子分達にも屋根の下で眠らせてやりたい、とちらりと思ったなんてことも同じく言えない。

「それじゃ行きますね」

言葉に詰《つ》まるサビーネに、ヨハンは全《すべ》て分かったとでも言わんばかりの笑顔《えがお》を見せてきた。

「あ、ちょっと」

サビーネの制止《せいし》を聞かずに、ヨハンは走り出していった。

「まったく、もう……」

自分の命令を無視《むし》された格好《かっこう》だが、不思議とそんなに腹《はら》は立たなかった。

ちょっと上着の裾《すそ》を寄《よ》せてみる。暖《あたた》かい。ヨハンの熱が残っている。

「……って、ちょっと！」

慌《あわ》てて上着を脱ぎ捨《す》てる。

今自分が、ヨハンのぬくもりに安心したような気がする。そんなたわけたことがあってはならない。あってはならないので、上着をこれ以上着ているわけにはいかない。

「あ、あうう」

脱ぎ捨てた途端《とたん》、想像《そうぞう》を絶する寒さがサビーネの体中を文字通り締《し》め上げた。

慌てて上着を着直す。これは非常事態《ひじようじたい》だから仕方ない、という理屈《りくつ》になっているのかどうかも怪しい理屈を自分に向かって振《ふ》りかざし何とか納得《なつとく》させる。

「……何をやってるんですか？」

怪訝《けげん》そうな声。振り返ると、少し離《はな》れたところに子分の一人であるダズール・ファーラが突《つ》っ立っていた。

「ひやっ⁉」

思わず硬直《こうちょく》する。首領と子分云々《うんぬん》を抜《ぬ》きにして、純粋《じゅんすい》に一人の人間として恥《は》ずかしいところを見られてしまった。

「何でもいいじゃないのよ！　どうしたのよ、みつかったの⁉」

いつもなら、言い訳《わけ》の一つでも見つかっていたところだろう。しかし、今のサビーネは様々な理由から正常な状態《じょうたい》ではなく、結果かなり弱々しい喚《わめ》き声でごまかすことしかできなかった。

「ええと、確《たし》かに見つかりましたよ」

子分達を信じていなかったわけではないが、そんな返事が返ってくるとは思わなかった。

目の周囲を黒い化粧《けしよう》で彩《いろど》り、鼻に銀の輪を通すというなかなか風変わりなお洒落《しゃれ》で装飾《そうしょく》されたダズールの顔を、サビーネはまじまじと眺める。

「ブラッドさんが今調べてます。これまでは店主がいたらしき宿が空になってるっぽいんですよ」

ブラッドの報告《ほうこく》によると、店主が外出したまま戻《もど》ってこないのだという。外出禁止《きんし》令中に一介《いっかい》の宿屋風情《ふぜい》が外を出歩くとは不可《ふか》解極《かいきわ》まりないが、もうそんなところに拘泥《こうでい》している場合でもない。

サビーネは部下達を呼《よ》び集めると、幻惑詠唱《げんわくえいしょう》を全員にかけた。出力を抑《おさ》えた簡単《かんたん》なものだが、最低限《さいていげん》の迷彩《めいさい》くらいにはなるだろう。

この周辺を警備《けいび》しているらしき私兵《しへい》風の集団《しゅうだん》に、サビーネ達は延々《えんえん》と追い回されていた。サビーネ達が中々安定した寝床《ねどこ》を確保《かくほ》できないのも、一つはそこである。

私兵程度《ていど》の割《わり》に、とにかくしつこいのだ。まるで、ここに近づいた人間は何者であれ一人も逃《に》がさないとでも言いたげな追い詰《つ》められた殺気が感じられるのだ。

もう少し余裕《よゆう》があれば調べてやろうという気にもなるのだが、何分状況《じょうきょう》が悪い。今は不本意だが、脱出《だっしゅつ》を最優先事項《ゆうせんじこう》に置くべきだろう。

「一日、この雪を凌《しの》いだら、すぐに場所を変えるわよ」

サビーネは子分達に言い聞かせる。大人数がかたまって過《す》ごしていたら、いかに外を人が出歩かない現状《げんじょう》とはいえ間違《まちが》いなくばれてしまう。ひとまず悪天候を凌いだらまた脱出を狙《ねら》うつもりくらいなのが一番いいだろう。

全員に詠唱がかかったのを確認《かくにん》すると、サビーネはダズールとブラッドに案内を頼《たの》んだ。

「任《まか》せてください」

「心配要《い》りませんよ」

二人とも厳《いか》めしく答えた。サビーネがものを頼むという異常《いじょう》事態に、期する所があったのだろう。

「あり……蟻《あり》みたいに働くのよ。能《のう》無しなんだから」

若干《じゃっかん》無理のありすぎる言い直しだった。ヨハンがへらへらと笑っている。体力が回復《かいふく》したら真っ先に痛《いた》い目に遭《あ》わせることを内心で固く誓《ちか》う。上着の恩《おん》を差し引きしても赤字確定である。

二人が案内したのは、さして大きくもなさそうな宿屋だった。看板《かんばん》など、雪に埋《う》まっていてほとんど見つけられなさそうである。

「全員分の寝床があるかしら……？」

不安がサビーネの心の中で頭をもたげる。

「大丈夫《だいじょうぶ》、屋根さえあればどこでも寝られますよ」

子分の一人、フェリックスが腹《はら》を揺《ゆ》するようにして笑った。

「それって、いつもサビーネさんが言う台詞《せりふ》なのになあ」

フェリックスの横で、突《つ》っ立てた髪《かみ》が印象的《いんしょうてき》なクレイグがおかしそうにいい、子分達が全員笑う。

「ふ、ふざけるんじゃないわよ！」

言いながらも、自分が調子を乱《みだ》していたことを今更《いまさら》ながら実感する。子分達の前で何かを心配する姿《すがた》を見せてしまったことなどおそらく初めてだ。恥《は》ずかしいやら不甲斐《ふがい》ないやらで、かなり居心地《いごこち》が悪い。

「さあ、入りましょうか。こんなところでみんなしてたむろしていたら目立って仕方ありません」

そうこうしているうちに、指示《しじ》までヨハンに出されてしまった。

「い……行くわよ」

それだけ言うのがやっとのこと。懐《なつか》しさを感じるくらい久しぶりに、サビーネは少し落ち込んでみた。

「じゃ、入りますよ」

扉《とびら》に手をかけたブラッドが、その姿勢《しせい》のまま後ろに吹《ふ》っ飛んだ。

「け、結界!?」

子分達が動揺《どうよう》する。

「……そうみたいね」

サビーネは扉の前に立った。

「質《しつ》の高い結界ねー。うまく人の目を欺《あざむ》きながら張《は》ってる」

杖《つえ》をかざす。ほんの僅《わず》かな魔力《まりょく》の反応《はんのう》があった。

「今ので、中では色々な対策《たいさく》を準備《じゅんび》してるはずよ」

「誰《だれ》でしょう」

「分からないわね……」

状況が全く読めない。結界を張って警戒《けいかい》すると言うことは、この村に何か目的があって侵入《しんにゅう》している何者かによる仕業《しわざ》だという可能性《かのうせい》が高いが、こんな辺鄙《へんぴ》なところに何があるのだろうか。

「そんじょそこらの人間がこんな高度な技術《ぎじゅつ》を使えるとも思えないし」

間違いなく一流の詠唱士の仕事だ。執拗《しつよう》にサビーネ達を追いかけ回す私兵団といい、謎《なぞ》が深まるばかりである。

「どうしましょうか」

ヨハンが尋《たず》ねてくる。

「決まってるじゃない。行くわよ」

決断《けつだん》は明快《めいかい》だった。

ここまで来て後に引くわけにはいかないというのもあるが、この手の結界を用意する時点で相手の戦力が高くないということもサビーネには読めていたからだ。

気づかれないように息を潜《ひそ》め、隠《かく》れているわけだから、正面切って戦わないのではなく戦えないのではないかという理屈《りくつ》である。

「制圧《せいあつ》戦よ。油断したら許《ゆる》さないから」

調子を若干《じゃっかん》なりとも取り戻《もど》したことを自覚する。眠《ねむ》ることのできる場所を前にして、最後の活力が湧《わ》いてきた。

「フェリックスとレックスを先頭に。ウェンズデーとトリップで脇《わき》を固めて突《つ》っ込《こ》むわよ」

素早《すばや》く指示を出していく。

「声を揃《そろ》えて返事するのは三下っぽさが滲《にじ》み出るからやめなさいって言ってるでしょ！」

「承知《しょうち》っ！」

「承知っ！」

「……もういいわ。行くわよ！」

『全《すべ》ての扉は開かれるためにあり、故《ゆえ》に我《わ》が望みは真なり。愚《おろ》かな抵抗《ていこう》をやめ道を開け。

――我が名はサビーネ、全てを手に入れんとする者なり。塞門開破《さいもんかいは》、封壁煤破《ふうへきばいは》』

解呪《かいじゅ》の自作詠唱《えいしょう》を唱えて、思いっきり杖を扉にぶつける。

閃光《せんこう》とともに、扉が砕《くだ》け散った。魔力の衝突《しょうとつ》に耐《た》え切れなかったのだろう。

「容易《たやす》いわね」

その気になれば、魔術復興《ふっこう》時代の高度な結界でも崩《くず》せる詠唱である。多少弱っているとしても、現代の人間の詠唱に手こずることなどあり得ない。

子分達が中に駆《か》け込み、怒鳴《どな》りつける。

「おら、隠れてないで出てこい！」

「ぶっとばされてえのか！」

堂に入った凄《すご》み具合である。気の弱い人間なら一発で竦《すく》み上がってしまいそうだ。

中から返事はない。隠れているのだろうか。

「部屋を一つ一つ調べていきなさい。相手の腕《うで》は一流よ、油断しないで」

サビーネの指示に、子分達は頷《うなず》く。

「よし、まずは――」

一つめの部屋に入ろうとした途端《とたん》、内側から爆発《ばくはつ》が巻《ま》き起こった。

入ろうとしていた子分が数名吹《ふ》き飛ばされる。

『津々の甲罠《アザック》』ね。したたかというか、何というか」

感心したようにサビーネが呟《つぶや》く。

「一旦《いったん》待機。ヨハン、仕《し》掛《か》けを調査しなさい」

作戦を変更《へんこう》する。おそらく、向こうの狙《ねら》いは可能《かのう》な限《かぎ》り罠《わな》でこちらの戦力を削《けず》ることだろう。

みすみすその手に乗ってやることはない。何者であるかは分からないが、明確《めいかく》な敵意《てきい》を持って対してきている以上こちらもそれなりの対処《たいしょ》を取るしかない。

『津々の甲罠《アザック》』と『銅力時操《モータライズド》』がこの先の廊下《ろうか》に二つずつ交互《こうご》に置かれてます」

杖《つえ》をゆっくりと動かしながら、ヨハンが言う。

「そのいずれかを踏《ふ》むと、同時に『対気する帯儀《アトモスファイアー》』が発動するという仕掛けになってますね。上手《うま》いな」

「いわゆる『士残同階《モッシュピット》』ね。『第新詠流《ニュースクール》』の遅速転換流れ《ビートダウン》かしら」

「ええ。しかも若干ひねってあります。教科書通りでもなさそう」

その場にしゃがみ込もうとしたヨハンのすぐ側《そば》で、空気が爆《は》ぜる。

「……っと。危《あぶ》ない危ない」

ヨハンの頰《ほお》が切れて血が出る。

「気を抜《ぬ》いちゃダメって言ったでしょ」

「すいません……」

「あの、お頭《かしら》」

子分の一人が話しかけてきた。以前は寺院で働いていたが小銭《こぜに》をちょろまかして追い出されたという経歴《けいれき》を持つティムである。

小さい体は、見るからに敏捷《びんしょう》そうである。実際《じっさい》、寺院に世話になる前はこそ泥《どろ》で生計を立てていたらしい。

「お頭じゃなくてサビーネ様」

「あ、はいサビーネ様。今は、何をしてらっしゃるんですか？　詠唱のこととかよく分からなくて」

「んー。そうね、言ってみれば罠の解除《かいじょ》かしら」

「罠……？」

ティムがきょろきょろと周囲を見回す。

「別に、それらしきものは見えませんけど……」

「大がかりなものを用意する必要はないの。紙でも石でも、それこそただの壁《かべ》でも仕込めるわよ」

「そうなんですか」

ティムが納得《なっとく》したように頷《うなず》く。

「さすがお頭。簡単《かんたん》に見抜けるんですね」

「わたしは罠なんてみみっちいもの使わないから、ヨハンに解除を任《まか》せてるけどね。というかお頭はやめなさいって何回言わせるのよ」

「サビーネさん」

ティムにお仕置きを加えようとしたところで、ヨハンが振《ふ》り返った。

「何よ」

「この『対気する帯儀《アトモスフィアー》』、ちょっと厄介《やっかい》ですね」

「どれどれ」

注意深く、ヨハンの隣《となり》にしゃがみ込む。

「ふむ……解除するには『度溢高亜《ミリタント》』を使わないとダメかもしれないわね」

「でしょ。魔力《まりょく》自体は大して強くないんですけど、仕掛けが受回発動を前提《ぜんてい》にしてますからねえ」

「普通《ふつう》に解呪《かいじゅ》できるけど、解呪した途端《とたん》に強度の魔力障害《しょうがい》が指定範囲《はんい》に起こるわね。やっぱ『度溢高亜《ミリタント》』だわ」

「両側からの一斉《いっせい》解呪ですか。ほとんどやったことないなぁ」

「やるしかないでしょ。……向こうから回り込むには、飛び越《こ》えないと無理ね」

サビーネはティムの方を向いた。

「ちょっとあんた、向こう側に行ってくれない？」

「了解《りょうかい》ですお頭。具体的には、どの辺りへ？」

ティムが屈伸《くっしん》を始める。

「うーんと、あそこね」

二つ先の扉《とびら》を示《しめ》す。簡単に行ける距離《きょり》ではない。

「なるほど」

「これをあの扉に取り付けて」

ティムに、懐《ふところ》から取り出した石を手渡《てわた》す。いわゆる魔精石《グラインダー》だ。

「お安いご用です」

「手伝おうか」

のしのしとティムの隣に現《あらわ》れたのは、山のような体と丸太のような腕《うで》を持つブランドンである。

かつては王国軍の兵卒だった彼は、その体つきと経験《けいけん》から戦闘《せんとう》時の要《かなめ》として動くことが多い。

「おう、頼《たの》む」

ティムがブランドンの肩《かた》にひょいっと乗る。まるで鷹匠《たかじょう》と鷹のような位置関係である。

「よーし、いくぞ」

「投げる位置には気をつけなさいよ。扉の直前辺りまで飛ばさないと罠《わな》が作動しちゃう」

「了解です」

ティムを担《かつ》ぎ直すと、ブランドンはおもむろに放《ほう》り投げた。

「よっ」

空中で体勢《たいせい》を変えると、ティムは軽《かろ》やかに着地する。まるで曲芸のようだ。

言われたとおり、ティムは魔精石《グラインダー》を扉に取り付けた。

「よし、準備《じゅんび》なさい」

サビーネの言葉に頷くと、ヨハンも同じく魔精石《グラインダー》を取り出し、慎重《しんちょう》な手つきで床《ゆか》に置く。

「いくわよ、『度溢高亜《ミリタント》』を共同詠唱《ツインリード》で発動させるの」

「はいっ」

サビーネが杖《つえ》を構《かま》え、ヨハンもそれにならう。

『仕掛《しか》けられしは暗たる悪意』

初めにサビーネが詠唱《えいしょう》を始め、

『仕掛けられしは暗たる悪意』

それをヨハンが追いかける。

『射《い》かけられしは惨《さん》たる隔意《かくい》』

輪唱に近いが、必ずしも同じ言葉を続けるとは限《かぎ》らない。

『打ちかけられし頑《がん》たる作為《さくい》』

『持ちかけられし冠《かん》たる伯夷《はくい》』

重ね合わせ、流れるように、言葉を繋《つな》げていく。

『尾業印々《おごういんいん》、路燈琴々《ろとうきんきん》』

同時に鍵言《けんげん》を唱え、強力な解呪である『度溢高亜《ミリタント》』を発動させる。

ぱんぱんという破裂《はれつ》音が廊下《ろうか》を満たし、やがて静まった。

「さて、ヨハン試しに歩いてみなさい」

「えっ、俺《おれ》がですか……」

「文句あるの？」

「な、ないですっ」

大人しく、ヨハンはサビーネの隣《となり》からティムのいるところ目指して歩き出す。

一同が固唾《かたず》を呑んで見守る中、ヨハンは無事にティムの隣へと到着《とうちゃく》した。

「解除完了《かいじょかんりょう》ね。さて、行動再開《さいかい》よ。さっき吹《ふ》っ飛ばされた連中の治療《ちりょう》は済《す》んだ？」

「はい。応急《おうきゅう》手当てをしておきました」

そう答えたのは、子分の一人バスリ・クォーソンである。どこで学んだのか、怪《あや》しい医術《じゅつ》を使いこなすちょび髭《ひげ》男で、裏《うら》社会の人間の治療をそもそもの生業《なりわい》にしていた。

「ええ、それなら問題ないわ。奥《おく》へ向かうわよ」

先程《さきほど》と同じ隊形を組み直し、更《さら》に中へ中へと入っていく。

部屋を一つ一つ確認《かくにん》するが、それらしい人間の気配はしない。

ついに、一番奥の部屋を残すのみとなった。

「また開けた途端《とたん》、どかんってこともありますかね……」

先程吹っ飛ばされたフェリックスが不安そうに言う。

「大丈夫だと思うわ」

自分達が隠《かく》れている部屋に炸裂系統《さくれつけいとう》の罠をしかけるとは考えにくい。仕掛《しか》けた側が巻《ま》き添《ぞ》えを食《く》らう可能性《かのうせい》が十分あり得るからだ。

「何か別の仕掛けも、なさそうではあるわねえ」

 杖を当てて調べてみるが、それらしい反応《はんのう》はない。

「物理的な罠かしら？」

「それだったらおそるるに足りませんな」

 元猟師《りょうし》のレックスが言う。

「俺に外せない罠はありません」

「そう。なら任《まか》せたわよ」

 サビーネは一歩下がり、指示《しじ》を出した。

「行きなさい」

 扉《とびら》を引き開け、子分達が中に飛び込《こ》む。

「ぶわっ!?」

 待ち受けていたのは、白い煙《けむり》だった。

「……何これ」

吸《す》い込んだら何かがあるというわけでもなさそうである。ただひたすらに、もくもくと中を満たしているようだ。

視界《しかい》が悪く、中の様子は全くと言っていいほど見えない。誰《だれ》かがいるのかどうかも判然《はんぜん》としないほどだ。

「く、くそっ」

子分達も苦闘《くとう》している。つまずくものあり、転ぶものあり。部屋の中の探索《たんさく》に遅々《ちち》として進まない。

「こんな詠唱《えいしょう》でも使い道あるんですね……」

「逃《に》げるぞ、トピーア！」

中から声が聞こえてきた。いずれも、聞き覚えのある声である。

「……ん？　あんたらもしかして」

「えっ……」

向こうも気づいたらしい。

「こんなところで何をしてるのよ」

サビーネの脳裏《のうり》に、二つの顔が浮《う》かぶ。

一つは、王国詠唱士を率いていた腕《うで》は立つが生意気そうな子供《こども》のもの。

もう一つは、頼《たよ》りなさげな挙動と低い魔力《まりよく》の割《わり》に妙《みよう》に強力な詠唱を使う青年のもの。

「む、その声は……」

子供の方が先に反応してきた。

「そっちこそ、こんなところで何を！」

「何をって、そりゃ寝床《ねどこ》を探《さが》しによ」

「もしかして、あの高飛車高慢《こうまん》詠唱士……？」

子供の声が、無礼極《きわ》まりないことを言ってくる。

「あんまりふざけてると容赦《ようしゃ》しないわよ。今うちらとってもいっぱいいっぱいなの」

「寝るところを探しに……ってことは単に迷《まよ》い込んだだけなのかな？」

煙の向こうから、青年が質問《しつもん》してきた。

「まぁ、そんなところね」

「ここで会ったが百年目です。覚悟《かくご》なさい！」

「いや、まぁまぁ。ちょっと待って」

いきり立つ子供を青年が押《お》さえているらしい。

「サビーネさん、少し話があります」

「ちょっとクラウスさん、どうするつもりなんです!?」

「いいからいいから。俺に任《まか》せて」

「……何かしら？　話があるならさっさとしてくれない？　わたしは眠《ねむ》いの」

半分本気で、半分駆《か》け引きである。

流れを常時《じょうじ》こちらに引き寄《よ》せておく必要がある。向こうが何を持ちかけようとしているにせよ、こちらの有利なように話をもっていかなければならない。

調子を取り戻《もど》しつつあることを自覚するサビーネである。やはり、偉大《いだい》な自分はこうでなくては。

「協力を、お願いしたいのです」

「な、何を言い出すんですかクラウスさん！」

「大丈夫《だいじょうぶ》」

ほほう。内心でサビーネは感心する。

以前の青年とは随分《ずいぶん》と違《ちが》う。もっと頼りない印象があったのだが、何があったのかかなりしっかりとした物言いをするようになっている。

「協力ね。条件次第《じょうけんしだい》では考えてあげてもいいわよ」

「ありがとうございます」

それきり会話は途絶《とだ》えた。煙がさっきより増《ふ》え始めて、話すどころではなくなったのだ。

「……ねえ、聞いていい？」

「何でしょうか」

「この煙、消さないの？　もう逃げないならいいじゃない」

「いや—それが……」

「まさか、消せないとか」

「その通りです」

煙が消えるまで、サビーネ達は何とも言えない微妙《びみょう》な時間を過《す》ごすことになったのだった。

「鼠《ねずみ》が潜《もぐ》り込んでおります。少なくとも、各々《おのおの》別方面の存在《そんざい》を二種類確認《かくにん》しました」

ダークの報告《ほうこく》は、ウッドにとって少なからず驚《おどろ》きだった。

「そんな馬鹿《ばか》な。私兵《しへい》達にはしっかり見張《みは》らせているはずなのだが」

ル・リチャーズに入るための道筋《みちすじ》は、ほぼ一つである。そこに常時見張りを置いているのだから、軽々しく斥候《せっこう》や密偵《みってい》の類《たぐい》の侵入《しんにゅう》を許《ゆる》してしまったとは思えない。

「一つは高い擬態能力《ぎたいのうりょく》を持った最上級階層《マジェスティ》の人間。もう一つは、不可測《ふかそく》の事態《じたい》により入り込んでしまった山賊野盗《さんぞくやとう》の類ですな」

「ふむ……」

ダークの言うことが本当なら、後者はともかく前者に関しては早急《さっきゅう》な対策《たいさく》が必要である。

「最上級階層《マジェスティ》に関してはしかるべき手を打っておりますし、山賊野盗に関しては、ウッド様の私兵の一部を割《さ》いて捜索《そうさく》しております。ほどなく成果を上げられるかと」

「そうか。任せたぞ」

言ってから、最近自分があまり先頭に立って物事に当たっていないことに思い当たった。

「ではウッド様、ロスホーラと連絡《れんらく》がつながっております。どうぞ」

「連絡……？」

しかし、そのことに明確な疑念《ぎねん》を挟《はさ》むよりも早く、ダークは話を畳《たた》みかけてくる。

「先方を少し待たせております。申し訳《わけ》ありませんが、お急ぎを」

「分かった」

仕方なく、ウッドはダークに付いて歩くことにした。

案内されたのは、以前筒《つつ》に入れられた少女という奇妙《きみよう》な物体のあった部屋に酷似《こくじ》した場所だった。

壁《かべ》に何やらつまみが沢山《たくさん》、相変わらず無機質《むきしつ》な表情と仕草の助手。違うところというと、中央にあるのが謎《なぞ》の筒ではなく、三角形の光り輝《かがや》く柱くらいだろうか。

「それでは、早速《さっそく》作動いたします。効果《こうか》のほどは、ご自身の目で確認下さい」

ダークが助手に目配せする。助手は無言で頷《うなず》くとつまみを操作《そうさ》する。

程《ほど》なく、光の柱に影響《えいきょう》が現《あらわ》れた。その中央に、何か像《ぞう》が結ばれ始めたのだ。

「む……なるほど、こういう仕《し》掛《か》けになっておったのか」

その像の輪郭《りんかく》が確《たし》かなものになるにつれ、ウッドは慄然《りつぜん》とし始めた。

「まさか、あなたは」

「そういうお前は、コティペルトにその人ありと言われた賢人《けんじん》ウッドではないか。会えて嬉《うれ》しく思うぞ」

頭髪《とうはつ》の全《すべ》てを剃《そ》り上げ、それだけでは飽《あ》きたらず眉《まゆ》まで丁寧《ていねい》に剃り落とした結果、綺麗《きれい》な球を彷彿《ほうふつ》とさせることになった頭。

視線《しせん》は真《ま》っ直《す》ぐであり、刺突《しとつ》するような鋭《するど》さも同時に備《そな》えている。

見るからに屈強《くっきょう》な体つきは、持ち主の精神《せいしん》をそのまま表しているかのようだった。

一言で表現《ひょうげん》するなら、梟雄《きょうゆう》。王道よりは覇道《はどう》を、文治よりは武断《ぶだん》を好む性質《せいしつ》が、その外見全てにまで滲《にじ》み出ていた。

「……ダニエル・メッタウィン・ヘイメンか」

「いかにも。朕《ちん》がロスホーラ帝国皇帝《ていこくこうてい》、ダニエルである」

自身の名を呼《よ》び捨《す》てにされたことにもさしたる不快感《ふかい》も示《しめ》さず、ダニエルは唇《くちびる》の端《はし》を持ち上げた。

「しかし遠く離《はな》れているのに間近にいるように互《たが》いの顔を見ながら会話できるとは、素晴《すば》らしい発明。ウッド殿も立派《りっぱ》な家臣をお持ちであるな。愚鈍《ぐどん》ばかりのロスホーラからすると羨《うらや》ましい限《かぎ》りだ」

勇将知将《ゆうしょう》を多く抱《かか》え、破竹《はちく》の勢《いきお》いで勢力《せいりょく》を広げるロスホーラ帝国の最高権力者《けんりょくしゃ》の言葉とは思えないが、それはさておき明らかにしなければならないことがある。

ウッドはダークを睨《にら》み付けた。こんな装置《そうち》があることなど、全く知らなかった。自分に内緒で開発していたのか、そんな非難《ひなん》を言外に込《こ》める。

「立派などと、恐悦至極《きょうえつしごく》に存《ぞん》じます。これもウッド様のお引き立てによるもの」

しかしダークは、涼《すず》しい顔でウッドの視線を受け流した。

この瞬間《しゅんかん》、初めてウッドの心の中に疑念が湧《わ》いた。

このダークという男は、腹《はら》の中で何を考えているのか。本当に、ただウッドを利用することだけが目的なのか。他に何か狙《ねら》いがあるのではないか。

「さて、ウッド殿《どの》。貴殿《きでん》はいかなる考えをお持ちなのかな？」

しかし、追及することは後回しにすることにした。今は、この皇帝と亡命《ぼうめい》について協議する方が先だろう。

内心を押し隠《かく》しつつ、ウッドは隣国《りんごく》にして敵対国《てきたいこく》の指導者《しどうしゃ》との交渉《こうしょう》に没頭《ぼっとう》し始めた。


「……というわけなのです」

ようやく煙《けむり》が消えてから、クラウス達は部屋の中央で向かい合って話をしていた。

「なるほど。それであんた達はここにいるのね」

むくつけき男達を後ろに従《したが》え、サビーネは納得《なっとく》がいったと言うように頷いた。

「僕《ぼく》達だけでは限界《げんかい》があります。そこで、貴方《あなた》達に協力をお願いしたいのです」

圧倒《あっとう》されている内心をなんとか隠しながら、クラウスはサビーネの目を見据《みす》えた。

相変わらず美人である。若干《じゃっかん》疲《つか》れというかやつれが見えるが、彼女の美しさは少しも損《そこ》なわれていなかった。

「具体的には、そのウッドって男を見つけ出せばいいのね」

「はい、そうです」

「お安いご用よ。ここにいるのが確《たし》かっていうのなら、わたし達の力をもってすれば簡単《かんたん》ね」

そう言うと、サビーネはにやりと微笑《ほほえ》んだ。

「もちろんただで動くつもりはないわよ。一体どんな報酬《ほうしゅう》がもらえるのかしら」

「それは……」

どれくらいが妥当《だとう》だろうか。早く決めなければ、どんどんふっかけられてしまう。

「……この宿をお貸《か》ししましょう。見たところお疲れの様子、屋根や暖炉《だんろ》のあるところで休みたいのではありませんか」

クラウスの言葉に、サビーネは噴《ふ》きだした。

「ちょっとちょっと、たったそれだけ？　そんなことでこの偉大《いだい》なサビーネ様を駒《こま》に出来るとでも思ったの？」

そして、笑顔《えがお》のままぎろりと睨み付けてくる。本心から怒《おこ》っているわけではない、単なる威圧《いあつ》だろうが、そこにはすくみ上がるほどの迫力《はくりょく》があった。

「ええ、思っています」

しかし、ここで譲歩《じょうほ》するわけにはいかない。足下《あしもと》を見られ、つけこまれてしまう。

「ふーん？」

「伺《うかが》ったところ、貴方達は追われる身だそうですね。新たな場所を探《さが》すとなると、大きな危険《きけん》がつきまとう。ここで一夜を明かせるなら、それに越《こ》したことはないはずだ」

「ええ、そうね。それは否定《ひてい》しないわ」

「ならば、この申し出は貴方達にとって決して損《そん》ではないはず」

「大損よ」

サビーネの顔から笑みが消えた。

「わたし達は、その気になれば力ずくであんた達を追い出すことだって出来るのよ？」

子分達が殺気立つ。物凄《ものすご》い迫力だ。

「そ、それはどうでしょうか」

声が裏返《うらがえ》りそうになるのを必死でこらえながら、クラウスは真《ま》っ直《す》ぐサビーネを見据えた。

「ヤルヴァの森を、忘《わす》れたわけではないでしょう？」

すっと、サビーネの目が細くなった。――おそらく、初めて本気で怒ったのだろう。

そのまま話は途絶《とだ》えた。じりじりと、押《お》し潰《つぶ》されそうなほどに重苦しい空気が辺りに立ち込める。

「……いいでしょう」

どれくらいの時間が経《た》っただろうか。ようやくサビーネが口を開いた。

「え、サビーネさん……」

子分達がざわめく。まさかこの条件《じょうけん》を呑《の》むとは思わなかったのだろう。

「騒《さわ》ぐな。サビーネさんの決めたことは絶対《ぜったい》だろう」

確かヨハンという名前だったか、サビーネの片腕《かたうで》らしい位置づけの男が子分達を制《せい》した。人望があるのだろう、子分達は揃《そろ》って大人しくなる。

「あんた達が部屋を一つ、残りはわたし達で。これ以上は譲《ゆず》れないわね」

サビーネが腕を組む。

「ええ、分かりました。異存《いぞん》ありません」

「これで交渉《こうしょう》成立ね。それじゃ、いい加減《かげん》本当にくたびれてきたからわたしたちはお暇《いとま》するわよ」

サビーネは立ち上がった。

「お付き合いいただきありがとうございました」

同じく立ち上がると、クラウスは右手を差し出した。

「よろしくお願いします」

「……ええ、こちらこそ」

サビーネも差し出してきて、二人は握手《あくしゅ》を交《か》わす。

「それじゃあね。細かい話はまた明日で」

会釈《えしゃく》すると、サビーネは部屋から出て行った。子分達も、ぞろぞろと後について出て行く。

後に、クラウスとトピーアだけが残された。

「……ごめんね、トピーア」

とりあえず、詫《わ》びてみる。独断《どくだん》で行動してしまった。準詠唱士《じゅんえいしょうし》の権限《けんげん》の範囲《はんい》を詳《くわ》しく覚えているわけではないが、自分がやったことが完全な越権行為《えっけんこうい》であることくらいは簡単に想像《そうぞう》がつく。

「驚《おどろ》きました」

トピーアが、ぶすりと答える。

「でも、あの場では……」

「そうですね。必勝の『対気する帯儀《アトモスフィアー》』を外された時点でこちらの負けでした。雪の降《ふ》る外へ逃《に》げ出すくらいなら、説得してこちらに抱《だ》き込むほうが賢《かしこ》いです」

言い訳《わけ》しようとしたことを、先取りされてしまった。

「あ、分かってたんだ」

「当たり前です。失礼ですね」

トピーアが不機嫌《ふきげん》そうな上目遣《づか》いで見てくる。

「気づいたのは後からですけどね。あのサビーネを見たときに僕は捕《つか》まえるか逃げるかしか考えてませんでした。何しろ、相手は国際《こくさい》指名手配の重罪人《じゅうざいにん》ですから」

そして、一つ溜息《ためいき》をついた。

「先輩《せんぱい》風吹《ふ》かせてたのに、判断《はんだん》力とか負けそう。あーあ」

「い、いやいや。今のはまぐれというか何というか……上手《うま》くいくとも限《かぎ》らないし……」

「とりあえず苦境《くきょう》を切り抜《ぬ》けることには成功しました。多分最高とはいかなくとも次善《じぜん》の策《さく》ではあったと思いますよ」

そう言うと、トピーアは初めて表情《ひょうじょう》を緩《ゆる》めた。

「お見事です。感心しました」

「う、うん……」

何とも、照れくさい。クラウスは目を逸《そ》らした。

「そろそろ休みましょうか。明日から頑張《がんば》らないと」

「そうだね。まあ、俺《おれ》は寝れそうな場所探してくるよ。同じ所で一晩明かすのもアレだしね」

「でも……」

不服そうなトピーアを押すようにして、ベッドに横にならせる。

「……えへへ。それじゃ、お言葉に甘《あま》えますね」

恥ずかしそうにそう言うと、トピーアはシーツをかぶった。

「おやすみなさい、クラウスさん」

「おやすみ」

ぱちり、と暖炉《だんろ》が少しだけ爆《は》ぜた。

第三章　筒《つつ》に閉《と》じこめられしは　Trapped In The Wake Of A Dream

次の日の朝、クラウス達は早速《さっそく》作戦会議を始めた。

まず、サビーネ側の戦力というか個々人《ここじん》の能力《のうりょく》を教わる。そして、行動の詳細《しょうさい》を決めていくという順序《じゅんじょ》だ。

サビーネ達は協力的だった。約束を守らないのではないのかと疑《うたが》っていたわけではなかったが、ちゃんと誠意《せいい》ある態度《たいど》を示《しめ》されると嬉《うれ》しいものである。

「大体そんな感じでいいかしら？　して欲《ほ》しいこととかあったら今のうちに言っておいてね」

「ええ、今話した通りでお願いします」

そういうこともあって、話し合いはクラウスが事前に予想していたよりも随分《ずいぶん》と短くなった。

「では、早速行動に移りましょうか。……しかしお腹空《なかす》いたわねー。この宿、宿のくせに食べ物らしい食べ物がないじゃないの」

「厨房《ちゅうぼう》に置いてあったパンを残らず食べておいてよく言いますねえ」

呆《あき》れたようにヨハンが肩《かた》を竦《すく》める。

「あれっぽっちじゃ足りないわよ。おやつにもならないじゃない」

「……そのうち太り」

めきりとむごい音。クラウスは目を背《そむ》けた。

イルミラの拳《こぶし》も大概《たいがい》残虐《ざんぎゃく》だが、今のサビーネによる杖《つえ》の一撃《いちげき》はそれを凌駕《りょうが》しかねない苛《か》烈《れつ》さを持っている。

クラウスはヨハンに同情した。なんと哀《あわ》れなのだろう。

「それじゃ行ってくるわ。手はず通りにね」

「了解《りょうかい》です」

目を回しているヨハンを引きずりながら、サビーネは会議場になっていた部屋から出て行った。

「僕らも行こうか、トピィ」

「はい。うまくいくといいですね！」

トピーアが笑いかけてくる。

「うん、トピィがいてくれれば大丈夫だよ」

「も、もうクラウスさんったら」

少し照れたようでどこか哀《かな》しそうという複雑《ふくざつ》な表情《ひょうじょう》を浮《う》かべると、トピーアは立ち上がった。


宿から出ると、昨日の雪が嘘《うそ》のように晴れ上がっていた。

しかし、地面は相も変わらず一面真っ白である。積もった雪が、陽光を反射《はんしゃ》していてまぶしい。

「足跡《あしあと》がついてませんね。『俟消の呻吟《ハートトランド》』辺りの詠唱《えいしょう》で消したのかな」

トピーアが感心したように言う。

「俺たちもそうする？　二人分ぐらいなら消せるよ」

「いや、いいですよ。僕《ぼく》たちは一応《いちおう》行商人なんですから」

なるほど、トピーアの言う通りである。

「しかし、サビーネはいい杖使ってましたね。あれはポース・レルの五十八年ものじゃないですか。羨《うらや》ましいなあ」

雪をさくさく踏《ふ》みしだきながら、トピーアが話し始める。

「ヨハンでしたっけ、子分の方の杖も立派《りっぱ》なものでしたよ。あれだけよく手入れされてていい状態《じょうたい》で残ってるバッカリーケンも珍《めずら》しいですし。ホール・マッカーシーとか好きなのかなあ」

いつものように、杖について語り出すと彼女の目はきらきらと輝《かがや》く。本当に好きで仕方ないのだろう。

「バッカリーケンの調整って難《むずか》しいんですよ。何しろ、普通《ふつう》に手入れしただけじゃ魔力《まりょく》の残滓《ざんし》が杖に残っちゃって不具合を起こすから、六角の魔操器《レンチ》だけじゃなくて他にも色々と道具が必要で……」

そこまで喋《しゃべ》ってから、トピーアはふと言葉を切った。

「……やっぱり杖がないと寂《さび》しいなあ。僕のワーウィックはちゃんと作杖師《クラフトマン》さんのところに預《あず》けてますけど、離《はな》れてると心配で心配で」

まるで幼《おさな》い我《わ》が子が出かけてしまった後の母親のようである。杖を愛する詠唱士は多いが、トピーアの場合は更《さら》に一段階《だんかい》上なように感じられる。

「はぁ、何かの拍子《ひょうし》に傷《きず》がついてたらどうしよう……。もしかしたら、盗まれてるかも？いや、大丈夫《だいじょうぶ》大丈夫。作杖師《クラフトマン》さんはちゃんと厳重《げんじゅう》に保管《ほかん》するっていってくれてたし……。

でも、万が一ってこともあるし」

クラウスからしてみると、一日三回以上規則《きそく》正しく転ぶトピーアが持ち歩いている方がよほど危《あぶ》ないと思うのだが、いらないことを言って不興《ふきょう》を買うのもよろしくないので黙《だま》っておくことにする。

「しかし、本当に歩いている人がいないなあ」

街並《まつな》みを眺《なが》めながら、クラウスは呟《つぶや》いた。

クレメンテ通りなら、既《すで》に仕事に出かける人やら何やらでごった返している時間帯だ。だというのに、この街は人一人歩いてはいなかった。

店は残らず閉《し》められ、鎧戸《よろいど》が下ろされている。死んだように静まりかえっている通りには、本当にこの街に生活している人間がいるのだろうかという根本的な不安までおぼえさせられる。

「外出禁止令《きんしれい》って、出されるときは基本《きほん》的に中央からそれなりの役職《やくしょく》の人間が布告《ふこく》書を持って現《あらわ》れることになってるんですけどね。まあそんなこと普通《ふつう》知らないでしょうけど」

クラウスの独《ひと》り言《ごと》が聞こえていたのか、トピーアも同じように街を見回した。

「うん、俺も知らなかった。今初めて知った」

「もう、ちゃんと勉強しなくちゃダメですよ。詠唱士は詠唱が出来たらそれでいいってわけでもないんですから」

「うぐっ」

言葉に詰《つ》まる。確《たし》かにトピーアの言う通りかもしれない。

「詠唱士試験を通過《つうか》するためには詠唱の勉強だけしていればいいでしょう。でも、本当の意味で詠唱を使いこなすためには幅《はば》広く深い知識《ちしき》が必要なのです。日々これ勉強なのですよ」

「はい。肝《きも》に銘《めい》じておきますです先輩《せんぱい》」

そんな話をしながら歩く。

隠《かく》れたりすることはしない。今回は、見つかるのが目的なのだ。

しばらく進んだところで、行く手にようやく動く人影《ひとかげ》が見えてきた。

人数は三名ほど、遠目にはよく分からないが、どうやら武器《ぶき》を持っているらしい。

「昨日入り口にいたのと同じですね。まあ、昨日片方《かたほう》はジミーさんだったわけですけど」

人影は、クラウス達を見るなり駆《か》け寄《よ》ってきた。

「打ち合わせ通りに頼《たの》むよ」

「任《まか》せてください」

トピーアが胸《むね》を叩《たた》いて請《う》け合う。

「君たち、ここで何をしているんだね。外出禁止令が出ているだろう」

三人のうち、頭目格《かく》とおぼしき無精髭《ぶしょうひげ》の男性《だんせい》が尋《たず》ねてきた。

「そ、それが……怖《こわ》い人たちに襲《おそ》われたんですっ」

トピーアが、突如《とつじょ》として息を切らしながらその場に膝《ひざ》をつき、助けを求めるようなか細い声を出し始めた。

打ち合わせでは演技《えんぎ》をもっと抑《おさ》えて現実味《げんじつみ》を出すようにと話したはずなのだが、果たして聞いていたのだろうか。

「怖い人たち？」

とりあえず、何とか疑《うたが》われずには済《す》んだようである。

「はい、偉《えら》そうで美人なのをちょっと鼻にかけてるっぽい女の人に指揮《しき》されたむさ苦しい男達の集団《しゅうだん》で……」

サビーネが聞くと怒《おこ》り出しそうな表現《ひょうげん》ではあるが、間違《まちが》ってはいない。

「それはまさか……」

三人が、ひそひそと内緒話《ないしょ》を交《か》わす。

「その連中がどっちへ行ったか分かるかい？」

無精髭が、トピーアに尋ねた。

「ええと……村の入り口の方に……」

「よし、分かった。ちょっと様子を見に行こう」

「ところで、君たちは？　見ない顔だね」

三人のうちのもう一人、背《せ》が高い若者《わかもの》がクラウス達に尋ねてきた。

「僕達は、櫛《くし》の行商をしているものです。流れ流れてこの村についたのですが、途中《とちゆう》でその一味に襲われて危《あや》うく身ぐるみはがされそうに……」

用意しておいた言い訳《わけ》を話す。昨日と若干設定《じやつかんせってい》が違うが、これくらいなら齟齬《そご》を来《きた》すとまではいかないだろう。

「なるほど。そういうことだったのか」

背が高い若者がうんうんと頷《うなず》く。

「しかし、外出禁止令を破《やぶ》って外に出ていることは見逃《みのが》せないな」

三人組の最後の一人、背の低い小太りがクラウス達に疑いの視線《しせん》を向けながら言った。

「外から来た人間だし、外出禁止令のことを知らないのも無理ないんじゃ……」

「いや、決まりは決まりだ。国王陛下《へいか》からの命令は守らなくては。この二人が言っていることが本当だと決まったわけでもないしな」

この小太りは、初対面の人間にまず疑念《ぎねん》をもって接《せっ》するという、個人《こじん》的にはあまり付き合いたくない種類の人間である。

しかし、今回に限《かぎ》っては好都合であったとも言える。連れて行ってもらわないと困《こま》るのだ。

「うむ、ダブロウの言うとおりだな。二人とも、付いてきてもらおう」

「え、でも僕達は何も悪いこと……」

「いいから、付いてくるんだ！」

小太りの怒鳴《どな》り声を聞きながら、内心でしめしめとクラウスは舌《した》を出す。まさかここまで予想通りに上手《うま》くいくとは思わなかった。

「は、はい……乱暴《らんぼう》はしないで下さい」

トピーアが泣き出しそうな声に変わる。

「全く、最近のガキは根性《こんじょう》が足りんな！」

小太りが怒鳴る。次にどんな言葉を繋《つな》げようとしているかが容易《ようい》に想像《そうぞう》できて、クラウスは天を仰《あお》いだ。

「男ならひぃひぃ言うな！」

ああ、やっぱり。

たて続けのことで耐性《たいせい》がついたのか、さすがにトピーアも我慢《がまん》したらしい。ほっとするクラウスだった。

二人が連れてこられたのは、村の警察署《けいさつしょ》らしき場所だった。武器防具《ぶきぼうぐ》等で物々しく飾《かざ》り立てられているが、貼《は》り付けられた祭りの予定表やら掃除《そうじ》の当番表が、隠《かく》しても隠しきれない素朴《そぼく》さを滲《にじ》み出させていた。

「しばらくその中にいなさい」

そんな役所の一室に、クラウス達は押《お》し込《こ》まれた。

「僕達は何もしてません、なぜこのような仕打ちを……」

「仕方ないんだ。分かってくれ」

痛《いた》ましそうな顔をすると、無精髭は扉《とびら》を閉《し》め鍵《かぎ》を掛《か》けた。

「……何というか、そこはかとなく罪悪《ざいあく》感を抱《いだ》いてみたり」

「ですねえ……」

二人して顔を見合わせる。本来なら潜入《せんにゅう》が上手くいったと手を叩《たた》き合って喜ぶところなのだろうが、どうにももやもやが残る。お互《たが》い、気が小さいのだろうか。

「気を取り直して、次の段階《だんかい》だな」

トピーアにというよりは自分に言い聞かせるようにそう言うと、クラウスは部屋の中を調べ始めた。

何かの物置か何かなのだろうか、窓《まど》さえない。木製《もくせい》の壁《かべ》はところどころ染《し》みが出来て、場所によっては黴《か》びている。一応《いちおう》一組の椅子《いす》と机《つくえ》は用意されているが、お世辞にも居心地《いごこち》がいい場所とは言えそうもなかった。

「どうやって外と連絡《れんらく》を取ろうか」

クラウスは顎《あご》に手を当てて考える。こうなることは予測済《よそくず》みだったが、ここまで隔絶《かくぜつ》された部屋にいれられるとは思っていなかった。

「多分出してもらえると思いますよ」

対照的に、トピーアは楽観的だった。

「そうかなぁ……？」

「僕達が疑《うたが》われているのって、要するにサビーネさんに襲《おそ》われて云々《うんぬん》なんですから」

「ふむ、それもそうか」

トピーアの言葉は程《ほど》なく現実《げんじつ》になった。

「……おい、お前ら」

苦虫を嚙《か》み潰《つぶ》したような顔をした小太りが入ってきて、こう言ったのだ。

「もう出ていいぞ。調べに行った人間が、お前らが話したとおりの連中を発見した」

こうして自由の身になったクラウス達だが、役所から出ることはしなかった。

「こんにちは〜」

にこやかに挨拶《あいさつ》しながら、中を歩き回る。

訝《いぶか》しがる視線《しせん》を向けてくる者、普通《ふつう》に挨拶を返してくる者と反応《はんのう》は様々だが、呼《よ》び止められ誰何《すいか》されることはなかった。

これはつまり、役所にいるというだけで疑われずに済んでいるということである。

一般《いっぱん》市民は、家から出ることも許《ゆる》されていない。役所にいるというだけで、ある程度《ていど》の地位がある人間だということの保証《ほしょう》になっているのだろう。

荷物を背負《せお》った二人連れというかなり怪《あや》しめの出で立《い》《た》ちであるにもかかわらず何も言われないのは、かなりありがたかった。

「地方の役所の割《わり》には大きいですよねー」

階段を上りながら、トピーアが言う。

「だよね。俺《おれ》の実家があったところの役所って、そもそも造《つく》りが平屋だったような気がするし」

「曲がりなりにも権力者《けんりよくしゃ》の私領《しりょう》ですから、建物にもお金を掛《か》けてるってことかなあ」

「でも、ウッドって人は私財《しざい》をそういうことに使わないというかそもそも財産のない人じゃなかったっけ」

聞いた噂《うわさ》を思い返す。事実かどうかはさておき、ウッド・スモールロッドという人物は、自分のために金を使おうとすることがないそうだ。

高価《こうか》な贅沢品《ぜいたくひん》を買い漁《あさ》ることもしないし、私的な事業に手を出したり女性《じょせい》を囲ったりすることもない。雇《やと》った私兵も、私領に暮《く》らしている住民達の安全を確保《かくほ》するためだと言われている。

そんな人物なのに、役所だけこんなに金をかけているというのは不思議な話だった。

「この建物は新しいですね。さっきのところも、風通しが悪いからああなってただけで古ぼけてたわけじゃないですし」

階段《かいだん》を上る足を止め、トピーアが壁を触《さわ》る。白く、綺麗《きれい》な壁だ。

「妙《みょう》に、安定してるんですよねー」

解《げ》せないと言いたそうな口振《くちぶ》りだ。

「安定してる？　何が？」

「魔力的《まりょく》に、です」

そう言うと、トピーアは踊《おど》り場までささっと駆《か》け上がった。

「あんまり急ぐと転んじゃうよ……」

「だ、大丈夫《だいじょうぶ》ですよ。僕《ぼく》だってそんな毎日転んでるわけじゃ……ないこともないですけど……」

それはさておき。トピーアは腕《うで》を広げると話を再開《さいかい》した。

「この建物の造りは、魔法陣《じん》に似《に》ています。何か、この建物そのもので一つの魔力的な事物として完成しちゃってるんです」

「そうなの？」

「ええ。僕は基礎《きそ》的な魔力が低いので具体的に感じることは出来ませんが、内装《ないそう》の一つ一つや部屋の配置を『虹を賭ける王者《アイサ・レンダー》』という魔法陣になぞらえてるんです」

「なるほど……」

考え過《す》ぎと切って捨《す》てることも出来るだろうが、それは賢明《けんめい》でないように思えた。

相手には、千年前の過去《かこ》から亡霊《ぼうれい》のごとく甦《よみがえ》った発明者がついている。そのことを考え合わせると、トピーアの言葉は不気味な説得力を伴ってクラウスの胸《むね》に迫《せま》ってきた。

「この建物自体を使って、何らかの詠唱《えいしょう》が発動できるかもしれないってこと？」

「そうですね。手法としては『円場の家屋《ファイヤーハウス》』という名前がついています。準備《じゅんび》が大がかりなので、僕が知る限《かぎ》りでは実験的なことにしか使われたことはないと思うのですが、向こうには魔術復興《まじゅつふっこう》時代の技術《ぎじゅつ》がついてますから」

トピーアも、同じことを懸念《けねん》していたらしい。

「これは、由々《ゆゆ》しき事態《じたい》かもしれません。報告《ほうこく》が必要ですね。とりあえず、ウッドの探索《たんさく》はジミーさんに任せて……」

そこまでトピーアが喋《しゃべ》ったところで、階段の下から二人連れの女性が上がってきた。いずれも、書類を抱《かか》えている。役所に勤《つと》める事務員《じむいん》といった風情《ふぜい》だ。

「そう言えば、ウッド様の周囲を嗅《か》ぎ回る怪《あや》しい人物が捕《つか》まったそうじゃない」

「聞いた聞いた！　何でも、アーケストダワーのジョンさんに化けてたらしいわよ。目立たない相手を選んだものねー」

話している内容《ないよう》に、クラウスは息を呑《の》む。

「気持ち悪いわね……外出禁止《きんし》令と何か関係があるのかしら」

「多分そうよー。ウッド様の身に何か危険《きけん》が迫《せま》ってるみたい」

話題の主は、まず間違《まちが》いなくジミーだ。

「いやよねー。一体何があるのかしら」

「ウッド様は大丈夫だっておっしゃるけど、心配で心配で」

踊り場の隅《すみ》に寄《よ》ったクラウスたちには気づかない様子で、女性達は世間話に花を咲《さ》かせている。

「村に山賊《さんぞく》が攻《せ》めてきてる、って話だしねー」

「私兵団《しへいだん》の人たちが追いかけてるけど捕まえられないらしいわね。嫌《いや》だわ、わたし連れ去られちゃうかも……」

「ないないそれはない。わたしならまだしもあんたを連れ去る山賊とか飢《う》えすぎにもほどがあるわ」

「失礼ね。あんたみたいに貧相《ひんそう》な——」

わいわいと話しながら、二人は階段を上っていく。

クラウスとトピーアは目を見合わせた。

まさか、あれだけの変装《へんそう》技術を持つジミーが捕まるとは考えにくい。

「大丈夫かな、ジミーさん……」

クラウスは呟《つぶや》いた。

彼（おそらく）の、悪戯《いたずら》好きな性格《せいかく》が思い出される。少々激《はげ》しいからかい方ではあったが、決して悪い気はしなかった。

「ジミーさんなら、きっと、大丈夫《だいじょうぶ》ですよ」

一言一言を噛《か》んで吐《は》き出すように、トピーアが言った。

「これまであの人は何度も危《あぶ》ない目に遭《あ》ってきましたけど、いつもぎりぎりで生き延《の》びて助かってきたんですから。今回なんて、それに比《くら》べたら楽勝です。これまでジミーさんが相手にしてきたのは、デスタメールとかインフレイルとか、もっともっと強大な相手だったんですよ」

「……なるほど」

不安に思っていなければ、そんな言い方をするわけはない。しかし、クラウスはただ黙って頷《うなず》くことにした。

「さあ、行きましょう。僕達は僕達でやることをやらないと」

「うん、そうだね」

トピーアの言うことに同意し、クラウスは階段《かいだん》を上った。

二人が辿《たど》り着いたのは、屋上だった。

屋上に通じる扉《とびら》は、詠唱《えいしょう》で厳重《げんじゅう》に封鎖《ふうさ》されている。単なる危険防止《ぼうし》のためなのか、それとも他に理由があるのかは判然《はんぜん》としない。

そんな状態《じょうたい》であるのに力ずくで突破《とっぱ》するのは若干《じゃっかん》危険なのだが、今役所にいる人間に気づかれないようにしつつサビーネ達に合図を送るためにはどうしても屋上に来る必要があった。

扉を破《やぶ》り、外に出てみる。

思った通り、この役所が村で一番高い建物だった。これは都合がいい。

厳重に封鎖されていた割《わり》に、特に何があるわけではない。丁度《ちょうど》真ん中当たりに、存在意義《そんざいい》のよく分からない棒《ぼう》とも柱ともつかないものが天に向けてぽつねんと突《つ》っ立っている以外には、物らしい物さえ存在していない。殺風景この上ない場所だと言えた。

『己《おの》が心を光と変えて、知らしめ割《わ》らしめ図《はか》らせしめん。高源鋳楽《こうげんいらく》、総編微拍《そうへんびはく》』

トピーアが詠唱し、手の中に小さな光の玉を作り出す。

「やっぱり杖《つえ》がないと上手《うま》くいかないなあ」

情《なさ》けなさそうにそうぼやくと、トピーアは玉を投げ上げた。

光の玉は自ら意思を持っているかのように空を飛び、やがて砕《くだ》け四方に飛散した。

「これで伝わったでしょうか」

「うん、大丈夫だと思うよ。後は、来てくれるのを待つだけかな」

ふと、トピーアが不安そうな表情《ひょうじょう》を見せた。

「……ねえ、クラウスさん。彼らの能力《のうりょく》に果たしてそこまでの信頼《しんらい》をおいていいのでしょうか。今更《いまさら》かもしれませんが……」

「大丈夫だよ。彼らの腕《うで》は保証《ほしょう》する。この前の研究所の時も——」

安心させようとしたクラウスの言葉を遮《さえぎ》るように、役所中にけたたましい警笛《けいてき》の音が響《ひび》き渡《わた》った。

すわ見つかってしまったかと動転したクラウス達だったが、どうも違《ちが》うらしい。その証《しょう》拠《こ》に、屋上に人が現《あらわ》れる気配がない。

「様子を見に行こうか」

「そうですね」

クラウス達は屋上から降《お》りることにした。

役所の中は、上を下への大騒《おおさわ》ぎになっていた。

一体何が起こっているのかは分からないが、とにかくとんでもない混乱《こんらん》具合である。

行き交《か》う人の中にさっきの無精髭《ぶしょうひげ》を見つけだし、クラウスは話を聞くことにした。

「ん、まだいらっしゃったのですか？」

驚《おどろ》いたような無精髭の反応《はんのう》。しまったとクラウスは後悔《こうかい》する。普通《ふつう》なら解放《かいほう》された時点で役所など後にするはずだ。

「ええとそれは……」

「外に出ると、またあの人達に狙《ねら》われそうな気がして……ぼ、ぼくっ、怖《こわ》くて怖くてっ」

クラウスが答えに詰《つ》まっていると、トピーアがいつもの大袈裟《おおげさ》演技《えんぎ》で助けに入ってきた。

「ふむ、まあ確《たし》かにその危険《きけん》があるか。外出禁止《きんし》令も出ているわけだし、もうしばらく役所にいるといい」

「ありがとうございますっ」

トピーアの演技が上手いというよりはこの無精髭がお人好《ひとよ》しなだけの話だろうが、上手くいったのだから細かいところにこだわることもないだろう。

「これは、一体何の騒ぎですか？」

クラウスの問いに、無精髭は一旦困《いったんこま》ったような表情を見せたが、結局《けっきょく》話し始めた。

「実は、この土地の実力者であるウッド・スモールロッドさんという方がいらっしゃるのですが、その方をつけ狙う輩《やから》がおりまして」

「なるほど。それは物騒《ぶっそう》な」

「ええ、全くです。で、その不逞《ふてい》の輩を先程《さきほど》捕《つか》まえることに成功したのですが、すぐに逃《に》げられてしまいまして」

「おお、そうなんですかっ」

「………？」

ジミーが無事だという話に、嬉《うれ》しさが出てしまった。トピーアに背中《せなか》をつねられる。

「いたっ……ああ、いえいえ。何でもないです」

「ふむ。まあ、危《あぶ》ないのであまりうろつかないようにしてくださいね」

「分かりました。お仕事頑張《がんば》ってください」

「はい、ありがとうございます」

笑顔《えがお》を見せると、無精髭は走り去っていった。

「よかったですね」

トピーアが、ほっとしたような表情を見せる。大丈夫《だいじょうぶ》だとはいいつつも、かなり心配していたのだろう。

「さて、これからどうしようか」

「ジミーさんも無事なようですし、この混乱《こんらん》を機にもう少し役所の中を探《さが》してみましょう。もしかしたらウッドがいるかもしれません」

「なるほど……。でも、影武者《かげむしゃ》とかだったら見た目とかそっくりなんだろうし、どうやって判別《はんべつ》するの？」

「そんな時のための道具を持ってきました」

トピーアが、懐《ふところ》から何かを出した。

「道具？」

見た感じでは、短い金属製《きんぞくせい》の棒《ぼう》のようである。

「『観切の証《クリージウン》』という魔術具《まじゅつ》です。また正式運用はしてませんが、動作は確実《かくじつ》に保証されてます」

「効果《こうか》は、どんな感じなのかな」

「そうですね、例えば……」

棒の根元をかちかちといじると、トピーアはその棒をクラウスに近づけてきた。

「おお、光った」

棒が、鈍《にぶ》く明るい光を放つ。

「五人までの魔力を記憶《きおく》させ、照合することが可能《かのう》なアイテムです。特殊《とくしゅ》な例を除《のぞ》いて魔力の波動は人それぞれ違いますから、本人かどうか簡単《かんたん》に確《たし》かめることが出来るんですね」

「ほうほう、便利だなぁ」

「発光する以外にも、熱を放つようにも設定《せってい》できますから、懐に入れておいて相手にばれないように確認《かくにん》することも出来ます」

言いながら、トピーアは棒を懐にしまった。

「五人まで登録できるんだね。俺《おれ》のが入ってるってことは、他にも誰《だれ》かのを記録してあったり？」

「そうですね、一応《いちおう》ジミーさんや、後はシャーリーさんとか……」

言いながら懐の『観切の証《クリージウン》』を操作《そうさ》していたトピーアが、

「あ、あつっ!?」

いきなり悲鳴を上げた。

「ど、どうしたの？」

戸惑《とまど》うクラウスには目もくれず、トピーアは周囲をきょろきょろと見回し始めた。

「むっ」

トピーアが目を止めたのは、金庫らしきものをえっちらおっちら運んでいる冴《さ》えない中年男性《だんせい》だった。

「そこにいたんですか」

歩み寄《よ》り、小声で話しかけるトピーア。何がどうなっているのか分からないが、とりあえず後ろに付いていく。

「はっ、なんですか？　わたしはこれを隠《かく》しに行かなければならないのです」

「下手な芝居《しばい》はいいですから。よく無事でしたねジミーさん」

「よりによってトピィに大根役者呼《よ》ばわりされるとは、不本意極《きわ》まりありませんね」

「……ジミーさん!?」

驚《おどろ》くクラウスに、ジミーはにっこりと笑いかけてきた。

「お二人とも、ここまで忍《しの》び込《こ》むことに成功されるとは。お見事です」

「無事だったんですか？」

トピーアの質問《しつもん》に、ジミーは苦笑《くしょう》しながら頷《うなず》いた。

「わたしとしたことが、油断《ゆだん》しました。まさか見破《みやぶ》られるとは、密偵《みってい》人生二度目の屈辱《くつじょく》ですなあ。今日はどうにもこうにもつきとやらが悪いのかもしれない」

そこまで言ってから、ジミーの笑顔が消える。

「相手は只者《ただもの》ではありません。化けていることそれ自体を完全に見破られたのは初めてです」

「まさか、そんな……」

トピーアが口に手を当てる。はっきりと、驚愕《きょうがく》の色が見て取れた。

「昨日の宿のようなお遊びではなく、全身全霊《ぜんれい》をかけて装《よそお》っていたのですが。一体何が問題だったのか……」

おそらく、ジミーも例の男の存在《そんざい》は知らされていないに違《ちが》いない。

千年前の陰謀《いんぼう》の澱《よど》み。殺しても死なず、こびりついて離《はな》れない執念《しゅうねん》でもって一人の少女を追い続ける男。

いかに現代《げんだい》の技術《ぎじゅつ》の粋《すい》を凝《こ》らしたところで、あの男を詠唱《えいしょう》で凌駕《りょうが》することは不可能《ふかのう》だろう。

「君達も十分に気をつけた方がいい。下手をすると大変なことになる」

「分かりました……」

「それじゃ、一旦《いったん》わたしは失礼するよ。まだウッドの姿《すがた》を確認してないのでね」

そう言い残すと、ジミーは再《ふた》び冴えない中年男に戻《もど》って歩き去っていった。

「ジミーさんでも見抜《みぬ》かれるとなると、僕《ぼく》の演技《えんぎ》では厳《きび》しいものがあるかもしれませんね……」

難《むずか》しいと言うより明らかに不可能である。これまでがまぐれだということをどうやったら理解《りかい》させることが出来るのだろうか。

「しかし、諦《あきら》めるわけにはいきません。任務《にんむ》の放棄《ほうき》などあるまじき行為《こうい》！」

ぐっと拳《こぶし》を握《にぎ》るトピーア。かなり辛《つら》い状況《じょうきょう》なのだが、まだまだ情熱《じょうねつ》は失っていないらしい。

「手はず通りなら、そろそろサビーネ一味の人が来るはずなんですが……」

「もう来てますよっと」

「ひゃっ!?」

いつの間にか、トピーアの後ろに役所にはふさわしくない格好《かっこう》の兄ちゃんが立っていた。

「お待たせしましたー。なんなりとご指示《しじ》を」

だぶだぶと余《あま》らせた大きい服に、沢山《たくさん》並《なら》んだ耳飾《みみかざ》り。確《たし》か、ブラッドとかいう名前の子分だ。

「そんな格好で来るなんて……怪《あや》しまれるじゃないですか」

トピーアが、腕《うで》を組んで非難《ひなん》する。その口調から察するに、やはり、無法者と組むことには抵抗《ていこう》があるらしい。

「問題ないですよー。いつもこの格好だし。こだわりってやつですよ」

しかしブラッドは、悪びれた様子もない。

「先が思いやられますね……」

呆《あき》れたといわんばかりに、トピーアが溜息《ためいき》をついた。

「うーんと、とりあえずこの建物の中に一般人《いっぱんじん》が近づけない場所っていうのがあるはずなんですよ。それを探《さが》したいなあと」

これだけの建物を造るということは、中にウッドが潜伏《せんぷく》している場所があるはずである。一部の腹心《ふくしん》しか近づけないようにして、いることを隠《かく》すという手段《しゅだん》だ。

「必ずしもここにいるとは限《かぎ》らないと思うんですけど……」

トピーアが言う。

「僕も初めはそう思っていた」

しかし、ウッドがここにいると断定《だんてい》できないまでも希望を持てる程度《ていど》の理由はある。

「でもね、ジミーさんがいることを気づかれたということは、ジミーさんの変装《へんそう》を見破《みやぶ》ることが出来る人間――つまり、ウッドの近くに仕えているような凄腕《すごうで》がこの建物にいるということになる。だとすれば、ウッドだって隠れているかもしれないということさ」

あくまで推測《すいそく》に過《す》ぎない。しかし、結構《けっこう》自信があった。

「調べる手段はトピィが持ってるみたいだし、とりあえず探してみよう」

「分かりました」

まだ納得《なっとく》がいかないという様子だったが、一応《いちおう》トピーアは同意を示《しめ》した。

「近づけない場所っすね。んじゃま聞き込んできます」

何でもないことのようにそう言うと、ブラッドはふらふらと歩き始めた。

「えっ……ちょっと」

トピーアが呼《よ》び止めようとした頃《ころ》には時既《すで》に遅《おそ》く、ブラッドは近くを行く役所の人間に話しかけていた。

「あっ……」

一瞬《いっしゅん》、クラウスはサビーネに助力を申し出たことを後悔《こうかい》した。まさか、ここまでいい加《か》減《げん》な人間が来るとは。予定が全《すべ》て狂《くる》ってしまうのではないか。

「分かりましたよー」

しかし、クラウスの不安は杞《き》憂《ゆう》に終わった。

「四階の一番奥《おく》の区画は立ち入り禁止《きんし》らしいです。何でも工事中だそうで」

「……そ、そうなんですか？」

呆気《あっけ》にとられたように、トピーアが聞き返す。

「みたいですよー」

相変わらず、ブラッドは緊張感《きんちょうかん》のかけらもない。まるでこの程度のことは朝飯前だといわんばかりだ。

「す、すごいですね……」

素直《すなお》な感想が口をついた。そんな立ち入ったことを、今みたいに混乱《こんらん》している状況でよく聞き出せたものだ。

「要はコツですよ。会話も技術《ぎじゅつ》です」

へへっ、と斜《しゃ》に構《かま》えた笑《え》みを浮《う》かべるブラッド。

「んじゃまあ行きますか。早く行動した方がいいでしょ」


「どう、トピーア。反応《はんのう》ある？」

「うーん、微妙《びみょう》ですね」

他の所はあれだけ人が行き交《か》っていたのに、四階の一番奥だけはがらがらだった。

「あるといえばあるような、ないといえばないような」

先程《さきほど》ジミーが近くを通った時の反応を見る限り、いればもっと分かりやすい効果《こうか》が出るはずである。

「やっぱりはずれなんすかねー」

ブラッドが、あくび混《ま》じりに言う。

「まだ分からないよ」

全ての空間を探したわけではない。まだもう少し調査《ちょうさ》できる場所はあるはずだ。

「でも、もうこの先行き止まりですよ」

ブラッドが行く手を見やる。

そこには、ただ無機質《むきしつ》な壁《かべ》が立ちふさがっているのみだ。

「うーん……」

壁に歩み寄《よ》ってみる。

「何かおかしいんだよなあ」

ブラッドが聞きだしてきた話によれば、この辺りは工事中なはずだ。しかし、そんな様子は全く見られない。

「工事してないっすよねえ」

同じことに、ブラッドも思い当たったらしい。

「というか、この壁なんか変だな」

こつこつと、ブラッドが靴《くつ》の先で壁を蹴《け》る。

「変？」

「ほら、何て言うか薄《うす》いんですよ」

今度は拳《こぶし》で軽く殴《なぐ》る。

「そうかなあ……？」

同じように叩《たた》いたりしてみるが、普通《ふつう》の壁にしか思えない。

「勘違《かんちが》いっすかねえ」

ブラッドが首を傾《かし》げる。

「ならちょっと、解呪《かいじゅ》してみましょうか」

そう言うと、トピーアは詠唱《えいしょう》を始めた。

『掘《ほ》りしとどめし凍《こお》りしさざめき、ほどき結びて奈辺《なへん》にありや』

聞いたことのない詠唱である。トピーアの自作詠唱だろうか。

『覇《は》の葉を塡《う》め込《こ》み我《われ》歌う。果《か》の香《か》を刈り込み我たゆたう。和業神間《わごうしんかん》、差銅円願《さどうえんがん》』

杖《つえ》がないので、軽く手を壁に押《お》し当てる。動きは少々おぼつかない。

クラウスも彼女と同じく基礎魔力《きそまりょく》が低いのでよく分かるのだが、杖で常時《じょうじ》自分の魔力を最適化《さいてき》しているので、なくなるとどうにも詠唱を扱《あつか》いづらくなってしまうのだ。

道具に頼《たよ》りすぎと言われればそれまでなのだが、そうしなければ持って生まれた遅《おく》れを取り戻《もど》せないのだから仕方ない。

「やっぱり、何もないかな……。もしかしたら偽装《ぎそう》してるのかもと思ったけれど」

壁に変化は現《あらわ》れない。ただ壁として存在《そんざい》している。

「……あれ？」

否《いな》、それは見間違いだった。

壁が、少しずつねじれ始める。

奇妙《きみよう》な光景だった。それまでしっかりと実在していた壁が、少しずつ消えていくのだ。

似《に》たような場面を、クラウスは見たことがある。

――暑い夏の日、埃《ほこり》に埋《う》もれた館《やかた》の地下。今でも思い出す、謎《なぞ》めいた文字がびっしりついた扉《とびら》。

「多分、この先だな」

完全に消えた壁の向こうを見通しながら、クラウスは断言《だんげん》した。

「薄気味悪いっすね、何か」

ブラッドが呟《つぶや》く。

彼の言いたいことはよく分かる。壁の向こう側は、こちら側とは明らかに空気が違っていた。

「でも、行くしかないですよ」

造《つく》り自体は同じだ。

トピーアが言った。

「ああ、そうだね」

それに頷《うなず》き返すと、クラウスは一歩踏《ふ》み出した。


『獅導王用《しどうおうよう》、麒高方翔《きこうほうしよう》！』

追いすがってくる男に、雪ごと巻《ま》き上げた土塊《つちくれ》を叩《たた》き込む。

「やっぱり休息は大事ねー。かーいかん☆」

日頃滅多《ひごろめつた》に出さないような浮《うわ》ついた声を出しつつ、サビーネは周囲を睥睨《へいげい》した。

戦況《せんきよう》は五分五分。若干《じやつかん》こちらが不利な程度《ていど》。

もちろん作戦である。本気を出せばこちらが勝ってしまう。何だかんだでこれまで世界を股《また》に掛《か》けて色々な連中と戦ってきたのである。そこらの私兵団《しへいだん》程度に後《おく》れを取ることはない。

「少し下がりなさい、ばらつくと各個《かっこ》撃破《げきは》されるわよ！」

いかにも押され気味な指示《しじ》を出す。子分達も上手《うま》いもので、苦戦している素振《そぶ》りを見せながら固まっていく。

目的は私兵団の注意を惹《ひ》き付ける陽動だということなので、だらだらと戦い続けて時間を稼《かせ》いでいるのである。

ただし、自分がわざとやられるのは気に入らないので、向かってきた相手は叩《たた》きのめしている。やられるふりなど、子分に任《まか》せていればいい。

徐々《じょじょ》に移動《いどう》し、村からつかず離《はな》れず辺りの場所へ誘導《ゆうどう》する。あまり離れすぎても怪《あや》しまれてしまうし、近すぎるとクラウスやブラッド達の邪魔《じゃま》になってしまう。

「待て、逃《に》がすな！」

騙《だま》されているとも気づかず、まんまと私兵団はサビーネ達を追いかけてくる。

「たわいないわねー」

苦笑《くしょう》が漏《も》れる。田舎《いなか》の連中などこんなものだろうか。

「うぎゃああ」

そんなサビーネの横に、子分が一人吹《ふ》っ飛んできた。

「ちょっとリーアマン、そこまでわざとらしくしなくていいじゃない。今時うぎゃああなんて子供《こども》向けの小説の悪役でも……」

続いて、数名の子分が転がってきた。いずれも気絶《きぜつ》している。

「トゥリッツラにヘイヤーまで……あんた達何を」

そこで、サビーネは彼らが吹っ飛んできた理由を理解《りかい》した。

「な、何者……!?」

凄《すさ》まじい、魔力《まりよく》の脈動《みやくどう》。理性《りせい》や知能《ちのう》を飛び越《こ》え、生物としての本能に直接《ちよくせつ》危険《きけん》を訴《うった》えかけてくる、空気中に満ちた邪悪《じやあく》。

杖《つえ》を構《かま》え直す。手加減《てかげん》は終わりだ、本気を出さないと、やられる。

「サビーネさん、ば、化け物が……！」

槍《やり》を振《ふ》り回していたフェリックスが、上ずった声で呼《よ》びかけてくる。

「分かってるわよ。一旦《いつたん》下がりなさい。怪我人《けがにん》の治療《ちりよう》を最優先《さいゆうせん》。適当《てきとう》にやり合ったら逃げるわよ」

自分を無言で打ち据《す》えてくる魔力を計算。おそらく出力を全開にすれば肩《かた》を並《なら》べることが出来るが、そこまで危険《きけん》な賭《か》けをする必要はないと結論《けつろん》づける。

子分達を下がらせ、自分が先頭に立つ。

「ヨハン、しっかり援護《えんご》しなさいよ」

「了解《りょうかい》っ」

ヨハンの支援《しえん》込みで、普通《ふつう》に戦って勝率《しょうりつ》は四割《わり》。ただしこれは相手が技巧《ぎこう》を凝《こ》らしてこない場合であり、万が一ある程度《ていど》以上の詠唱技術《えいしょうぎじゅつ》を持っているとなると、半分以下まで勝ち目は下がる。

戦列の一番前に立ち、私兵団を傲然《ごうぜん》と見回す。内心を悟《さと》られると負けだ。堂々としていなければならない。

私兵団の列が割《わ》れ、一人の男が姿《すがた》を現《あらわ》した。

額《ひたい》に刻《きざ》み込まれた魔術紋様《もんよう》が異様《いよう》である。険《けわ》しい顔つきは、どこか正常《せいじょう》ではない不気味さを醸《かも》し出していた。

「貴様《きさま》が首領《しゅりょう》か」

男が尋《たず》ねてくる。

「だったらどうなのよ」

返事はなく、男はその手を振《ふ》った。

「なっ……」

ただそれだけのことで、強烈《きょうれつ》な魔力の波動がサビーネに激突《げきとつ》してきた。

『嘆《なげ》ける神のその慈悲《じひ》を！　防貴賛英《ぼうきさんえい》、浪秘淡例《ろうひたんれい》！』

とっさに杖で受け止め、使える中で最も単純《たんじゅん》な防性《ぼうせい》詠唱を発動する。

効果《こうか》は薄《うす》い。結果、かなりの衝撃《しょうげき》がサビーネの体を襲《おそ》った。

「ヨハン！」

『警醒《けいせい》の打号、永逝《えいせい》の覇豪《はごう》！　汝《なんじ》の失われた力を燃《も》ゆる熱塊《ねっかい》に変えん！』

サビーネが何を言わんとしたのか察したのだろう、ヨハンがすかさず詠唱する。

『由熱動宴《ゆうねつどうえん》、融滅暴全《ゆうめつぼうぜん》！』

彼の得意詠唱、『焔翼の天使《エンジエルクロウ》』である。強烈な火の玉が男と私兵団《しへいだん》へ叩《たた》きつけられる。

『結《ゆ》わえる髪《かみ》を加える網《あみ》と、払《はら》える海を浚《さら》える無観《むみ》を！　虚空《こくう》の雲を解《と》き置き削《そ》ぎて、大地を穿《うが》つその音《ね》を我《われ》に！』

すかさずサビーネも詠唱する。

『雷銘頓差《らいめいとんさ》、灰例魂座《はいれいごんざ》！』

掲《かか》げた杖から、雷光《らいこう》が迸《ほとばし》った。

禁十二階詠唱《フォビドゥン》の一つ、『北翁の愁い《ラス・マース》』。

消耗《しょうもう》も激《はげ》しいし加減も難《むずか》しいので使うことは滅多《めった》にないが、今は別だ。

目も眩《くら》むほどに明るい光が、ばちりばちりと恐《おそ》ろしい音を立てながら空間を縦横無尽《じゅうおうむじん》に動き回った。

突然《とつぜん》のことに、私兵団たちは逃《に》げ惑《まど》う。

「さあ、撤退《てったい》よ。もたもたしてる時間はないわ。動けない人間を忘《わす》れていっちゃダメだからね」

言うなり、サビーネは駆《か》け出した。逃げるのは悔《くや》しいが、準備《じゅんび》無しで勝てる相手ではない。

私兵団から離《はな》れたところまで行き、点呼《てんこ》を取る。返事は全員分あった。

「全員無事みたいねー。あんなのを相手にした割には奇跡《きせき》だったわ」

安心するサビーネに、ヨハンが、

「ふふふ、何だかんだでサビーネさんって子分思いですよね」

「おちょくってるんじゃないわよ」

殴《なぐ》ってやろうとしたが、体が動かなかった。さすがに、『北翁の愁い《ラス・マース》』を発動した後で全力疾走《しっそう》となると堪《こた》える。

「とりあえず休憩《きゅうけい》。ある程度休んでから、ここから離れるわよ」

「そうなんですか」

「当たり前じゃない、あんなのがいるなんて聞いてないわ。わたしは偉大《いだい》だけど無意味な戦いは挑《いど》まないの」

「ブラッドはどうしますか？」

「あいつなら放《ほう》っておいても自力で帰ってくるわよ。……しかし、今回のはちょっと危険《きけん》というか何というか。不安になってくるわね」

「確《たし》かに。この前の研究所も大概《たいがい》やばかったですが、それの上を行くかもしれないですね」

サビーネは空を見上げていた。先程《さきほど》まであれだけ晴れていた空は、いつの間にか曇《くも》っていた。

無闇《むやみ》にどす黒い雲である。不吉《ふきつ》な気分に浸《ひた》るには、十分すぎるほどの空模様《もよう》だった。

「どの部屋も、鍵《かぎ》がかかってるのか」

「いやー、鍵じゃないですよこれ」

扉《とびら》の鍵穴を覗《のぞ》きながら、ブラッドがクラウスの言葉を否定《ひてい》する。

「自分は専門《せんもん》の鍵師《かぎし》じゃないから分からないですけど、少なくとも普通《ふつう》の鍵で開け閉《し》め出来る扉じゃないです」

「詠唱《えいしょう》でもないですね。何らかの魔術的仕掛《まじゅつしか》けは施《ほどこ》されているみたいですけど……」

トピーアも首を傾《かし》げる。

「あの壁《かべ》にしても、たまたま僕《ぼく》の詠唱が上手《うま》く作動しただけで、正しい開け方じゃなかったみたいですし……」

謎《なぞ》が謎を呼《よ》んでいる。一歩進んだのはいいのだが、かえって余計《よけい》に迷《まよ》ったような気がしないでもない。

「とりあえず、調べるなら調べるで早くしたほうがいいっすよ。あの壁消えたままですし、そのうち誰《だれ》かに気づかれてしまう」

こういう行動に慣《な》れているのか、ブラッドの判断《はんだん》は速い。

「よし、もう一度一つずつ見て回ろう。それでダメなら撤退《てったい》だ」

その判断に背中《せなか》を押《お》されるようにして決定する。場数を踏《ふ》んでいる人間の言うことを参考にした方がいいだろう。

「了解《りょうかい》っす」

「はい〜」

返事をしてくる二人を連れて、もう一度奥《おく》の部屋から一つ一つ見て回る。

どの扉も、見たことのないような意匠《いしょう》が施《ほどこ》されている。この世ならざるような、禍々《まがまが》しくも美しい模様が刻みつけられているのだ。

廊下《ろうか》に注意を向けてみると、鑑賞樹《かんしょうじゅ》が置いてあったり壺《つぼ》が飾《かざ》られてあったりと、ウッドの印象とは異《こと》なるそこはかとない豪奢《ごうしゃ》さが目につく。

「この鎧《よろい》も壺も、少し意味があって置かれてるかもしれませんね」

クラウスの言いたいことを先取りするかのように、トピーアが言った。

「いわば、魔法陣《じん》における魔術文字のような役割《やくわり》を果たしているとも考えられます。確証《かくしょう》はないですけれど」

「何か難《むずか》しそうっすね」

大して興味《きょうみ》もなさそうに、ブラッドが言う。

「どうでしょうね。まあ簡単《かんたん》に説明すると――」

がちゃり。トピーアの話は、扉が開く音に遮《さえぎ》られた。

「か、かくれろ！」

慌《あわ》てて近くの鑑賞樹の陰《かげ》まで走る。

「あう……」

トピーアが呻《うめ》いた。『観切の証《クリージウン》』が、反応《はんのう》しているということなのか。

鎧の陰から、様子を窺《うかが》う。

部屋から出てきたのは、一人の老人だった。ブライアン帽《ぼう》に、白く長い髭《ひげ》。

紛《まご》う事なき、ウッド・スモールロッドである。

「遂《つい》に見つけた……」

ロッドは、扉を閉めようとしてから、壁がないことに気づいたらしい。扉を開けたまま壁があった場所へと歩み寄《よ》っていく。

クラウス達の存在《そんざい》に、ウッドは気づいていないようだ。やはり老いているだけに、五感は衰《おとろ》えているのだろう。

壁のあった場所にしばらく立ちつくすと、ウッドは向こう側へと歩いていった。

「今のうちに、ここから離《はな》れよう。壁がもう一度作られてしまったら、抜《ぬ》け出すのが難しくなる」

二人とも、クラウスの言葉に頷《うなず》いた。

「よし、行こうか」

ウッドとつかず離れずの距離《きょり》を取りながら移動《いどう》する。

しばらく行ったところで、ウッドの向こう側から一人の鎧兜《よろいかぶと》を身に纏《まと》った男が現《あらわ》れた。

見たところ、私兵団《しへいだん》の一員といったところだろうか。

「んー、あのじじい一人だったら叩《たた》きのめして逃《に》げた所なんだけどなぁ。なんか強そうなのが現れた」

「三人とも戦闘《せんとう》向きって感じじゃないですしね」

今度は近くの壺の後ろに隠《かく》れる。ウッドはクラウス達に背中《せなか》を向けているから大丈夫《だいじょうぶ》だが、こちらを向いている鎧兜の方はそうもいかない。

「ここにいると気づかれそうだな……」

ちらりと周囲に目を走らせると、近くにウッドが開けっ放しにしていたままの扉《とびら》があるのが見えた。

「あの中へ入ろうか。隠れているよりはマシだと思う」

様子を窺う。鎧兜とウッドはすっかり話し込《こ》んでいる。周囲には余《あま》り気を配っていないらしい。

戦士然とした出《い》で立《た》ちの割に、異常事態《いじょうじたい》に対する心構《こころがま》えが余り出来ていない。好機だ。

「三、二、一……行こう！」

数を数え、部屋に飛び込んだ。

全員が入ってから、鎧兜とウッドの方を窺ってみる。

二人はまだ話し続けていた。気づかれなかったらしい。

「やれやれ、上手《うま》くいったな……」

安堵《あんど》するクラウスの袖《そで》を、トピーアが引いてきた。

「ん、なんだい？」

トピーアの目は、何かに釘付《くぎづ》けになっていた。その横にいるブラッドも、唖然《あぜん》としている。

「二人してどうしたんだよ、一体何が……」

トピーア達の視線《しせん》の先に目をやって、クラウスは凍《こお》り付いた。

巨大《きょだい》な筒《つつ》が、部屋の中央に鎮座《ちんざ》している。それだけでも十分すぎるほどに異様な光景だが、筒の中身がクラウスに頭の中が真っ白になるほどの衝撃《しょうげき》を与《あた》えた。

「エル、リー……」

捜《さが》していた少女が、いた。

液体《えきたい》に満たされた筒の中で、まるで何かの標本《ひょうほん》のように、浮《う》かんでいた。

「エルリーっ！」

全《すべ》ての理性《りせい》が吹《ふ》き飛んだ。後先を全く考えず、筒へと駆《か》け寄る。

「クラウスさんっ、ダメです！」

トピーアに止められても、部屋の中に警報音《けいほうおん》が満たされても、クラウスは全く構《かま》わなか

った。

「エルリー、エルリー！」

筒を力任《ちからまか》せに叩《たた》く。しかし、一体何で出来ているのか、筒はびくともしない。

「貴様《きさま》ら、そこで何をしている！」

入り口の方から怒鳴《どな》り声が聞こえてきた。

振《ふ》り返ると、鎧兜《よろいかぶと》を筆頭に私兵団《しへいだん》らしき連中が数名入り口の前に集まっていた。

「やはり山賊《さんぞく》団騒《さわ》ぎは陽動だったか！　他の連中の目はごまかせても、このウッド軍団軍団長ウィン・ペリ・テーリ様の目は誤魔化《ごまか》せないぞ！」

『防《ふせ》ぎ塞《ふさ》いで失《う》せさせん。稼《かせ》ぎ成さして蒸《む》せさせん。抑師《よくし》業論《ごうろん》、臆氏《おくし》総門《そうもん》』

鎧兜の前口上には付き合わず、トピーアが詠唱《えいしょう》した。

「む、ぐぅ……!?」

私兵団達が、揃《そろ》って膝《ひざ》をつく。体が、急に重くなったかのように見える。

「さあ、クラウスさん急ぎましょう！　逃《に》げないと！」

トピーアが腕《うで》を摑《つか》んできた。

「で、でも……」

「今の僕達じゃ助け出せません！　さっきまでの沈着《ちんちゃく》なクラウスさんはどこへ行ったんで

すか！」

「く、うう……」

悔《くや》しいが、トピーアの言うとおりだ。ここは退《ひ》いた方がいいだろう。

自分の頭上に月が輝いていたなら。悔《く》やんでも仕方ないことを悔やむ。

せっかく用意した最後の切り札は、切り札だけに使い勝手が悪い。屋内では十分の一も効果《こうか》を発揮《はっき》できないのだ。

情《なさ》けなさが体を貫《つらぬ》く。一度ならず二度までも、エルリーを目の前にして助け出せないとは。

「クラウスさん！」

「きっと……きっと助けに来るからな！」

そう叫《さけ》ぶと、クラウスは惨《みじ》めさを噛《か》み殺しながら部屋から飛び出した。

「こっちですっ！」

冴《さ》えない中年男の姿をしたジミーが、壁《かべ》のあった辺りで手を振《ふ》っているのが見えた。

「ウッドを見つけました。こちらの正体がばれる前に脱出《だっしゅつ》しましょう」

既《すで》にクラウス達も見つけ出していたのだが、いちいち言っている暇《ひま》はない。

「はい……」

それでも名残惜《なごりお》しく後ろを振り返ってしまう。

「クラウスさん、早く！」

トピーアにせかされ、クラウスは遂《つい》にエルリーのもとから走り去った。

第四章　あの日と同じ月の下で　Moonsorrow

懐《なつ》かしい声だった。懐かしい姿《すがた》だった。

会えなくなって、そこまで時間は経《た》っていないはずだ。しかし、それこそ、何千年も会っていなかったような、そんな錯覚《さっかく》をおぼえてしまった。

嬉《うれ》しい。これ以上ないくらいに、嬉しい。

本当なら、こんな筒《つつ》は破壊《はかい》してクラウスのもとへ飛びつきたかった。けれども、そうすることは不可能《ふかのう》だった。

エルリーは今、自分の意志《いし》でいかなる魔力《まりょく》も行使できない。この筒と液体《えきたい》は、エルリーから魔力を操《あやつ》る全《すべ》ての技術《ぎじゅつ》能力を奪《うば》うためのものなのである。

エルリーの魔力は装置《そうち》で制御《せいぎょ》され、実験している人間達が発動させたいときに発動させられるようになっている。完全な操り人形だ。

以前あの男に封《ふう》じ込められた結界では、『思伝の調べ《セイントヴァイタス》』のような詠唱《えいしょう》が使えたのだが、今回はそれすら出来ない。千年の間に、研究を重ねたのだろう。

ともかく、そのような理由で、目の前にクラウスがいるというのにエルリーは石像《せきぞう》のように無反応《むはんのう》でいるしかなかったのだ。

しかし。エルリーは思う。まだ、自分の心までは操られていない。

クラウスの登場が、エルリーの心に無謀《むぼう》なくらいの勇気と元気を呼《よ》び起こしている。

彼はここまで助けに来てくれたのだ。今度は、自分が頑張《がんば》る番ではないのか。

思案を始める。動けないとしても、頭を使うことは出来る。どうすれば、あの男に一矢《いっし》を報《むく》いることが出来るだろうか。


彼が店に来なくなってから、どれくらいが経ったただろう。

椅子《いす》にぽつんと腰掛《こしか》けたまま、イルミラはそんなことを考える。

何か、詠唱士《ちょうき》の仕事で調査に行くと言い残したまま、彼の消息はぷっつりと途絶《とだ》えた。

これまでにも来なくなることは時たまあった。しかし、今回に関しては全く話が違《ちが》う。

危険《きけん》なところではない、とクラウスは言っていた。もちろん嘘《うそ》だろう。そのくらいのことが見抜《みぬ》けないイルミラではない。

クラウスなりに心配させないようにと気を遣《つか》ったのだろうが、余計《よけい》に不安を煽《あお》られるばかりだった。

隠《かく》さないといけないほどに、危《あぶ》ないところへ行くということなのだから。

心配で、胸《むね》が潰《つぶ》れそうだった。そのせいか、最近食欲《しょくよく》が明らかに落ちている。このままだと痩《や》せてしまいかねない。

そんなイルミラに、レシーナは色々と気を回してくれる。何のことで悩《なや》んでいるのか、きっとある程度《ていど》分かっているのだろう。

その優《やさ》しさも今のイルミラには重荷だった。こんなことで落ち込《こ》んでいる自分が情《なさ》けなくて仕方なくなるのだ。

せめて接客《せっきゃく》中は表に出さないように気をつけているのだが、最近は抑《おさ》えきれなくなりつつあった。

注文の取り間違えや出し間違いはざらで、この前などはエルガが三つ載《の》ったトレイを見事に床へと落としてしまうという大失態《しったい》を犯《おか》してしまった。

常連《じょうれん》の客は、別人のように萎《しお》れているイルミラを心配してくれ、多少の失敗は見逃《みのが》してくれた。レシーナの優しさと同じく、そんな客達の思いやりもイルミラを苦しめるばかりなのだが。

「はぁ……」

くせになってしまった溜息《ためいき》をつきながら、イルミラはテーブルに突《つ》っ伏《ぷ》した。

よくこうしていると、クラウスがからかってきたものだ。

店が閉《し》まったからってさぼるなよ。掃除《そうじ》とかあるだろ。あと肌《はだ》の手入れとか。

イルミラだったらこう叫《さけ》ぶだろう。あたしのお肌を店の床《ゆか》と比《くら》べないでよ、店の床って木じゃないのよ。何それ、あたしの顔が木の皮みたいだっていいたいわけ——

「店が閉まったからってさぼるなよ。掃除とかあるだろ。あと肌の手入れとか」

「あ、あっ……」

叫べなかった。本当に、この声がするなんて、思ってもいなかったから。

「さては寝《ね》てたなー。レシーナさんに言いつけてやるぞ」

椅子から弾《はじ》かれたように立ち上がる。

「クラウス、じゃない……」

不覚にも涙《なみだ》が出そうになった。慌《あわ》てて体勢《たいせい》を外す。顔を見られないようにする。

「ふらふらしてるなぁ。よっぽどぐっすり寝てたのか」

クラウスが苦笑《くしょう》する。本当に、いつまで経っても、この男は鈍《にぶ》い。助かったというのか、どこか寂《さび》しいというのか、何とも複雑《ふくざつ》な気分だ。

か。

「別に、関係ないじゃない」

やっとのことで、それだけが言えた。我《われ》ながらキレがない、昔の調子はどこへ行ったの
「もう、店閉めちゃったのよ。今頃《いまごろ》何しに来たのよ」

「ん。もう閉まってたか」

「見れば分かるでしょ。ばっかじゃない」

普段《ふだん》の自分なら、ここで馬鹿《ばか》とか罵《ののし》るような言葉遣いはしない。自分で分かる。

「何だよ、今日のイルミラは妙《みょう》にキツいな」

クラウスでさえ気づくほどにおかしいのだろうか。今すぐ、どこかへ消えたくなる。

「いやー、こんなこと頼《たの》むの悪いんだけど……」

クラウスが言う。その言葉に釣《つ》られるように、初めてイルミラはクラウスと目を合わせた。

クラウスの目は、いつも通り優しく、いつも通り温《あたた》かく、そして以前よりずっとたくましくなっていた。

こんなにも近くにいるというのに、どうしようもないほどの寂しさがイルミラの胸をきりきりと締《し》め上げる。

クラウスは、自分の知っていたクラウスと少しだけ違《ちが》ったクラウスになった——つまり、成長した。

変わったかどうかというのは所詮《しょせん》観察する側の主観でしかない。そのことに思いを至《いた》らせることなく簡単《かんたん》に「変わった」という言葉を使うほど、イルミラは身勝手でも我《わ》が儘《まま》でもないつもりだった。

しかしそれでも、今のクラウスが以前と違うことにどうしようもない隔《へだ》たりを感じていた。やっぱり我が儘で身勝手なのだろう。相手に、「こうあってほしい」という枠《わく》を決め、その枠からはみ出ることを許《ゆる》せないのだから。

「……また仕事で出かけるからさ、その前にこの店のエルガを飲みたいんだ」

クラウスの言葉に、イルミラは我に返る。

「え、エルガね。それじゃお姉ちゃんに頼もうか」

仕事で出かける。またいなくなるというのか。目の前が真っ暗になりそうだ。

「いや、イルミラの淹《い》れたエルガが飲みたいかも」

そして、いきなり何てことを言うのか。出かけることに衝撃《しょうげき》を受けるそれより前に、最上級の驚愕《きょうがく》を叩《たた》きつけるなんて、クラウスはイルミラで遊んでいるのか。

「な、なんでわたしのを……」

「レシーナさんのは、帰ってきた時のお楽しみ」

引っぱたいてやろうか。ほんの少しでも、期待した自分が馬鹿だった。

「淹れるわよ、淹れりゃいいんでしょ！」

ほとんど怒鳴《どな》りつけるようにして、イルミラは厨房《ちゅうぼう》へ引っ込んだ。

「……どうしたの？」

皿を洗っていたらしいレシーナが、イルミラの剣幕《けんまく》にたじろぐ。

「クラウスの大馬鹿が来たのよ！」

ささっとエルガの準備《じゅんび》をする。口調その他は乱暴《らんぼう》だが、手つきのみ果てしなく繊細《せんさい》である。

「あらあら、そうだったの」

レシーナがくすくすと笑う。

「とびっきりのを、淹れてあげなさい」

この前飲んでもらったときは、おかしなことに素直《すなお》に誉《ほ》められてしまった。

しかし、さすがに二度も同じことは繰《く》り返されないだろう。次は、多分聞くに堪《た》えない罵詈《ばり》雑言《ぞうごん》の嵐《あらし》なはずだ。

「……あれ」

一口エルガを含《ふく》んで、クラウスは首を傾《かし》げる。

「な、何よ」

イルミラは、出来るだけむすっとした口調で返す。

これは、言うなれば防御《ぼうぎょ》だ。こうして気持ちを張《は》っていれば、きっと何を言われたって耐《た》えられる。

「何かさ」

さあ、来るといい。どんな悪口にだって反撃してみせよう。

「前より、美味《おい》しくなってるんだけど」

「えっ……」

呼吸《こきゅう》が止まった。

確《たし》かに練習に練習を重ねた。クラウスがいない間も、より美味しいエルガが淹れられるように努力した。

その成果は出ていると密《ひそ》かには自負していたけれども、まさかまた誉められるなんて。

「何だおい、馬鹿にしてやろうと思ったのに残念だな」

「そ、そんな言い方ないじゃないっ」

怒鳴ってみるが、弱々しいことこの上ない。すっかりダメになってしまった。

「あはは、悪い悪い」

笑うと、クラウスはぐいっとエルガを飲み干《ほ》した。

「さて、慌《あわ》ただしくてすまないけど、もう行くよ」

「えっ、もう？」

口に出してから後悔《こうかい》する。自分が、クラウスを引き留《と》めるようなことを言うなんて初めてだ。

「うん、ごめんね。時間あんまりないんだ。レシーナさんによろしく言っておいて」

言うと、代金を置いてクラウスは立ち上がった。

「あ、あのさ」

何でもいいから、あと少しだけいてほしい。何でもいいから、話しかけないと。

「クラウスって、そうやって頑張《がんば》るのって」

自分が何を言おうとしているのか、よく分からない。分からないままに、言葉を続ける。

「やっぱり、エルリーのため？」

自分は救いようのない馬鹿《ばか》だと思う。どうして、こんなことを聞くのか。聞いてしまったら、取り返しがつかなくなるかもしれないのに。

クラウスは少し黙《だま》った。何も言わずに、イルミラを見ている。

永遠《えいえん》よりも長い一瞬《いっしゅん》の後。

「うん、そうだよ」

クラウスは、イルミラが恐《おそ》れていた言葉を恐れていたとおりに言った。

「エルリーのこと、好きなんだ？」

衝撃《しょうげき》が、イルミラを自爆《じばく》へと誘《さそ》う。尋《たず》ねてはいけないことを、尋ねさせる。

答えは、分かり切っていた。

誰《だれ》もいなくなった店の中。

椅子《いす》の上で膝《ひざ》を抱《かか》えるという子供《こども》のような姿勢《しせい》で。

――イルミラは、泣いた。


「遂《つい》に、決着をつけるときが来たな」

馬車に乗り込《こ》むと、ラムリアは自分の荷物の最終確認《かくにん》をした。

鷲嘴剣《エピー・ソード》、鎧《よろい》、手甲《てっこう》、脛《すね》当て。コティペルト王国を治めるものが戦いに向かうときの、正式な出《い》で立《た》ち。

「そうですね」

向かいの席に座《すわ》ったナフィンが、静かに頷《うなず》く。

「……よし。問題ないな」

ラムリアの言葉を受けると、ナフィンは自分の後ろを振《ふ》り返った。

「馬を出して。全軍に、同じように伝達」

「了解《りょうかい》いたしました」

御者《ぎょしゃ》が答え、馬車はゆっくりと動き出した。

「緊張《きんちょう》しているか、ナフィン」

馬車の外を見やりながら、ラムリアが聞く。

「ええ。王国軍、王国詠唱士《えいしようし》はもちろんのこと、最上級階層《マジエステイ》のほとんどを集めて戦いに赴《おもむ》くのは、初めてのことですから。……陛下《へいか》はいかがなのです？」

「余《よ》か。余は昂《たか》ぶっている」

武者震《むしやぶる》いを隠《かく》そうともせず、ラムリアはそう答えた。

「父の仇《かたき》をとれる。これほど、希《こいねが》ったことがあっただろうか」

「ふふ」

微笑《ほほえ》むナフィン。

「陛下のために、微力《びりよく》ながらも最善《さいぜん》を尽《つ》くさせていただきます」

「ありがとう。その気持ちに応《こた》えるためにも、必ずやウッドの首級を挙げてみせよう」

拳《こぶし》を握《にぎ》りしめ、ラムリアはそう誓《ちか》った。


馬車の中で何日も過《す》ごしているが、クラウスはさっぱり眠《ねむ》れなかった。

同席している詠唱士の歯ぎしりがひどいというのも一つあったが、一番大きいのはやはり精神《せいしん》的なものだろう。

これほど大きな作戦に加わっているということもさることながら、何よりついにエルリーのことを助け出せる好機に巡《めぐ》り会えたという興奮《こうふん》が最も安眠《あんみん》を妨《さまた》げているに違《ちが》いない。

集まった戦力は、クラウスを除《のぞ》いてはコティペルト王国の最精鋭《さいせいえい》と言えるようなものである。

王国軍は、王国軍最強との呼《よ》び声《ごえ》高い近衛《このえ》兵団《へいだん》第一師団《しだん》だし、『不死騎四柱《アンデッドカルテット》』だの『死神の薪水《ネクロブッチャー》』といった雑誌《ざっし》でしか見たことのないような最上級階層《マジェスティ》の人間がぞくぞくと集まっていた。感動よりも畏怖《いふ》が先に立つような光景である。

自分が末席に加わることを許《ゆる》されたのが不思議でならない。トピーアによると、調査《ちょうさ》での実績《じっせき》が評価《ひょうか》されたとのことらしいが、にわかには信じがたいことだった。

何とか気持ちを落ち着けようと、馬車の定期的な揺《ゆ》れに身を任《まか》せる。

雪が積もっているところまでは馬車で移動《いどう》し、その後は徒歩に切り替《か》えるのだという話だった。調査の時は延々《えんえん》徒歩だったことを考えると、ずっと楽である。

今は亡《な》き兄から譲《ゆず》り受けた杖《つえ》を握りしめる。ヨルグ山の竜退治《りゅうたいじ》の時も、兄はこんな感覚を味わったのだろうか。

クラウスが、ふと過去《かこ》の思い出に浸《ひた》ったその時、遠くから何か違和感《いわかん》のある物音が聞こえてきた。

何か、多数の物音がぶつかるような、そんな音。

耳を澄《す》ませたその瞬間《しゅんかん》、強い衝撃《しょうげき》がクラウスを襲《おそ》った。

座席《ざせき》から転がり落ちる。一瞬《いっしゅん》、天地の感覚が失われる。

『思想よ疾走《しっそう》せよ、固相よ構想《こうそう》せよ』

魔力《まりょく》を活性化《かっせい》させる単語のつながり。顔を上げると、それまで歯ぎしりをしていた向かいの詠唱士が、嘘《うそ》のようにはっきり覚醒《かくせい》した様子で杖を構《かま》えていた。

「気をつけろ、兄ちゃん。襲われたらしい」

「馬を止めます！　状況《じょうきょう》が把握《はあく》できない！」

御者の悲鳴のような叫《さけ》び声が聞こえ、馬車が停止した。

「降《お》りるぞ、気をつけてな」

詠唱士に促《うなが》され、クラウスは馬車から降りた。

外に広がっていた光景は、クラウスの想像《そうぞう》を絶《ぜっ》するものだった。

武器《ぶき》を振《ふ》りかざし戦う兵士達。片方《かたほう》が近衛師団だということはすぐに分かったが、相手方がロスホーラ帝国《ていこく》軍のものだと理解《りかい》するまでは、かなりの時間を要した。

「おら、ぼやぼやするなよ兄ちゃん。……気をつけてないと、死ぬぞ」

詠唱士《えいしょうし》に肩《かた》を叩《たた》かれ、クラウスは我《われ》に返った。

「とりあえず俺《おれ》たちのやることは後ろからちょっかいをかけることだ。うだうだやってたらそのうち上からちゃんとした指令も来るだろ」

クラウス達以外の馬車も次々止まり、中から詠唱士が沢山《たくさん》出てきた。

その中にはトピーアの姿《すがた》もあった。目の前の光景にもひるむことなく、自慢《じまん》の杖を振りかざして詠唱を始めている。

空が、おぞましいほどに明るい。人の流血が生んだ炎《ほのお》が、照らし上げているのだ。

その中央で、月が輝《かがや》いていた。残酷《ざんこく》なほどに白く、身震《みぶる》いすそほどに美しく。


これが、世に言う『スモールロッドの変』の幕開《まくあ》けである。

先行していたコティペルト王国近衛軍第一師団と、どこからともなく突如《とつじょ》として出現《しゅつげん》したロスホーラ帝国軍兵士とがまず激突《げきとつ》、後から来ていた詠唱士たちが近衛軍を後方から支《し》援《えん》するという形で戦況は推移《すいい》していった。

戦闘《せんとう》は長く続かなかった。数、質《しつ》ともに上回るコティペルト王国側が、開戦後まもなく絶対的な優位《ゆうい》を確保《かくほ》したのだ。

あまりに示威《じい》的過《す》ぎる、と不評《ふひょう》を買っていた戦力の集中が、はからずも功を奏《そう》した形になったと言えるだろう。

なぜラムリア・ピスロメン・コティペルトが戦力をこれほどまでに集めることにしたのか、には諸説《しょせつ》ある。

単に、謀反《むほん》を企《くわだ》てる者には情《なさ》け容赦《ようしゃ》ない罰《ばつ》を下すという意思表示《ひょうじ》のためだというものから、ウッド側の動きが漏《も》れていたという説まで紛々《ふんぷん》として結論《けつろん》は出ていない。

ともかく、ル・リチャーズ村の近くで行われた戦闘は程《ほど》なく終了、王国側はすぐさまウッドが隠《かく》れているル・リチャーズ村役所へと行軍を開始した。

村の中ではロスホーラ帝国軍の第二陣《じん》が待ち受けており、更《さら》に激戦が繰《く》り広げられることとなる。

どこをどう走ったのか。いつの間にか、クラウスは味方とはぐれてしまっていた。村のどこにいるのかも分からない。どちらに行けば合流できるのか、見当もつかない。

呼吸《こきゅう》が苦しい。極度《きょくど》の緊張状態《きんちょうじょうたい》が、クラウスの体に明確な不調を引き起こしていた。

もう、走れない。近くの大きな手押《てお》し車に背中《せなか》を預《あず》け、ずるずると座《すわ》り込む。

鬨《とき》の声が、遠くから聞こえてくる。怒号《どごう》とも悲鳴ともつかない絶叫《ぜっきょう》が、クラウスの鼓膜《こまく》を突《つ》き刺《さ》す。

断続的《だんぞくてき》な爆発《ばくはつ》音。おそらくは攻性《こうせい》詠唱によって引き起こされたものだろう。

クラウスは激《はげ》しく咳《せ》き込む。体が震《ふる》える、危《あや》うく嘔吐《おうと》しそうになる。

日頃《ひごろ》の運動不足云々《うんぬん》の問題ではない。非現実的な状況《じょうきょう》に、体が拒絶反応《きょぜつはんのう》を示《しめ》しているのだ。

正直なところ、こんなことに巻《ま》き込まれるとは思わなかった。

詠唱士が戦場に向かうのは、基本《きほん》的に志願制《しがんせい》である。さすがに命の取り合いに興味《きょうみ》があるわけでもなかったので、詠唱士になっても志願をするのはやめておこうと思っていたのだが、好むと好まざるとにかかわらずクラウスは血なまぐさい戦場に放り出されてしまった。

今すぐ逃《に》げ帰りたい。足の震えが止まらない。一度座ったのは間違《まちが》いだったかもしれない。もう立ち上がろうとする気力さえも湧《わ》かない。

しかし、それでも逃げるわけにはいかなかった、絶対に、立ち向かわなければならなかった。

助け出したい、助け出さねばならない相手がいるのだから。

足音がした。がしがしと、重い足音。

近衛軍《このえ》だろうか、助かった。そう思い立ち上がったクラウスの目に映《うつ》ったのは、血に塗《まみ》れたロスホーラ帝国《ていこく》の兵士だった。

「ひっ……」

悲鳴が喉《のど》でくぐもる。杖《つえ》を引っ摑《つか》み、後ずさる。

兵士は無言で剣《けん》を構《かま》えた。剣の刃《は》からは、赤い血が滴《したた》り落ちている。つい先程《さきほど》、誰かの命を奪《うば》ってきたのだろう。

『御名《みな》は風神オリヴィウス、其《そ》は吹《ふ》きすさぶ天空の使者、すなわち疾《はや》き蒼穹《そうきゅう》の覇者《はしゃ》！　眩《まばゆ》きその所作その力、いざ我《わ》が前に顕《あらわ》し示《しめ》せ！』

思いついた詠唱をぶつける。風が手押し車を巻き上げ、兵士へと叩《たた》きつける。

上手《うま》くいったと思ったのもつかの間、手押し車は無惨《むざん》にもまっぷたつとなった。

兵士が唇《くちびる》をつり上げる。この程度《ていど》で俺を倒《たお》せると思ったか。表情《ひょうじょう》が、雄弁《ゆうべん》にそう物語る。

振《ふ》りかざされる剣が、閃《ひらめ》く。

しかし、その刃《やいば》がクラウスの命を奪うべく突《つ》き立てられるよりも前に、兵士の体はあっさりと宙《ちゅう》を舞《ま》い、地面に叩きつけられた。

「大丈夫《だいじょうぶ》か!?」

「クラウスさんっ！」

聞き覚えのある声が聞こえてくる。

その方を振り向くと、トピーアと見憶えのある彼女の同僚《どうりょう》達が駆《か》け寄《よ》って来るのが見えた。

「よかった、無事でしたね……」

トピーアが、ほとんど泣き出しそうなほどに顔を歪《ゆが》める。

「今、治癒詠唱《ちゆえいしょう》をかけます」

クラウスの隣《となり》にしゃがみ込《こ》んでそう言ったのは、トピーアの同僚で治癒詠唱士のレミーンだ。

「戦況は我《わ》が方に有利らしい。無駄死《むだじ》にだけはするんじゃないぞ」

同じくトピーアの同僚で、屈強《くっきょう》な体格《たいかく》を持つ攻性《こうせい》詠唱士のシャーリーが周囲を油断《ゆだん》なく見回す。

「一人で歩いている王国詠唱士さんの姿《すがた》が見えたので、追いかけてみたのです。間に合って本当によかった……」

「そうだったのか……本当に、ありがとう」

九死に一生を得た格好《かっこう》だ。もしトピーア達の到着《とうちゃく》が遅《おく》れていれば、クラウスはどうなっていたか分からない。

「待ってくださいね。今治してあげます」

治癒詠唱が唱えられ、クラウスの体に無数についていた傷《きず》が消えていく。

張《は》り詰《つ》められた神経《しんけい》までは癒《いや》されなかったが、体が治った時点で随分《ずいぶん》と楽になった。

「ありがとうございます」

「いいえ、どういたしまして」

こんな状況にもかかわらず、レミーンはあまり動揺《どうよう》しているように見えない。どこかパルミに通じる、超然《ちょうぜん》とした空気を身に纏《まと》っていた。

「さて、これからどうしましょうか」

トピーアが、シャーリーに尋《たず》ねる。

「本体との合流を目指すべきだろうが、こうも乱戦《らんせん》になると下手に動かない方がいいかもしれないな」

シャーリーが答えた。なるほど、賢明《けんめい》な策《さく》である。無闇《むやみ》に歩き回ると、さっきのクラウスのようになりかねない。

「では、ここで待機と行きますか？」

「そうしたいところだが」

トピーアの相槌《あいづち》に、シャーリーは苦々しそうに顔を歪める。

「そうもいかないようだ」

建物の陰《かげ》から、ロスホーラ帝国《ていこく》軍の一団《いちだん》が姿を現《あらわ》した。

数は五人、武器《ぶき》は三人が剣《けん》、一人が槍《やり》、一人が斧《おの》という組み合わせだ。

いずれにせよ、人を殺すための訓練を受けてきた、完全な軍隊である。

「レミーン、下がれ！　クラウスさんとトピーアは俺の背後《はいご》へ！」

シャーリーの怒鳴《どな》り声で、クラウスは弾《はじ》かれたように動いた。

怯《おび》えている時間はない。エルリーを助けるためには、今ここを生き残らなければ。

『その身を堅《かた》き鋼《はがね》となして、その威《い》を荒き鏨《たがね》となさん！　あたかもそれは鉄神ヒエタラ、大地を支《ささ》えし義眼《ぎがん》の聾者《ろうしゃ》！　体駆《たいく》員眼《いんがん》、細句《さいく》琴団《きんだん》！』

トピーアがシャーリーに詠唱をかける。

これは、『洪髄なる陶酔《カタクリーズム》』。攻性詠唱士の肉体を一時的に強化する詠唱だ。となると、クラウスが唱えるべきは。

『願いと力を重ねて合わせ、化外《けがい》の輩《やから》を浅めて交《か》わさん！』

すかさず決めて、詠唱を始める。

『協化涯層《きょうかがいそう》、凍過媒奏《とうかばいそう》！』

『重来の王碑《マーシフルフェイト》』。詠唱の効果《こうか》を十二分に引き出すための詠唱である。トピーアの『洪髄なる陶酔《カタクリーズム》』に重ねて使うなら、これを持ってくるのが一番なはず。

クラウスの詠唱が完成したのとほぼ同時に。

雄叫《おたけ》びとともに、剣を持った兵士二人と槍を使う兵士がシャーリーへと斬《き》りかかった。

『幻《まぼろし》なして轟《とどろ》くは、滅《ほろ》ぼし絶《た》える愕《おどろ》きか！　立ちあがり歩行《かち》はさながら夢幻《むげん》！　祖波恩団《そはおんだん》、藻我論願《もがろんがん》！』

シャーリーが唱えたのは、攻性詠唱『老鎌を抱く鷹《ウイッチリー》』である。杖《つえ》に魔力《まりょく》が集まり煌《きらめ》き輝《かがや》く。

遂《つい》には杖の形質《けいしつ》を変化させ、一本の光の棒《ぼう》となった。

「ぬおおおお」

野太い気合いとともに、シャーリーが光の棒を振るう。

一人、二人。剣を振りかざした兵士が吹《ふ》き飛ばされる。

しかし槍使いは冷静だった。深入りすることなく後退《こうたい》し距離《きょり》を取り、自らの間合いで戦えるように立ち位置を調整する。

シャーリーは動かない。光の棒を構《かま》え直し、まるで銅像《どうぞう》のようにその場に屹立《きつりつ》している。

『我《わ》が肉を斬《き》る愚《おろ》か者、その骨断《ほねた》たれる悪夢《あくむ》を謡《うた》え。苦痛《くつう》は自《おの》ず疎通《そつう》を始め、魔通《まつう》の調べを世に奏《かな》でん』

トピーアが再《ふたた》び詠唱《えいしょう》する。

『魔通始貴《あいき》、矢通概儀《やつうがいぎ》』

これは、『叫びし讐言《スクリームヴエンジエンス》』だ。ということは、かなり危険《きけん》な戦い方をすることになる。

後ろではレミーンが治癒《ちゆ》詠唱を始めている。機会を合わせて発動させるのだろう。

ここで、クラウスのすべきことは——ただ一つ。

得意苦手はこの際脇《さいわき》に置いておかなければならない。出来るか出来ないかではなく、やるかやらないかだ。

精神《せいしん》を集中させる。機会を外せば、まったくの無意味。足を引っ張《ぱ》るだけのことになってしまう。

失敗は許《ゆる》されない。手のひらに汗《あせ》が滲《にじ》むのを感じながら、ただその時を待つ。

瞬間《しゅんかん》は、すぐに訪《おとず》れた。

槍の鋭《するど》い刺突《しとつ》。それをシャーリーが払《はら》った瞬間、剣と斧がシャーリーの体に食い込んだのだ。

血は噴《ふ》き出さない。剣は左脇腹《わきばら》に、斧は左肩《ひだりかた》に。それぞれ突《つ》き立ち、動かなくなった。『叫びし讐言《スクリームヴェンジエンス》』の効果《こうか》である。受ける打撃《だげき》を最小限《さいしょうげん》に食い止め、出血その他の消耗《しょうもう》を一瞬だけ抑《おさ》えているのである。

『御名《みな》は風神オリヴィウス、其《そ》は吹《ふ》きすさぶ天空の使者、すなわち疾《はや》き蒼穹《そうきゅう》の覇者《はしゃ》！』

機会は今。

『眩《まばゆ》きその所作その力、いざ我が前に顕《あらわ》し示《しめ》せ！』

招風詠唱《ストームウインド》を発動させ、兵士たちが異常《いじょう》に気づき体勢《たいせい》を整え直すそれよりも先に、勢《いきお》いを挫《くじ》き隙《すき》を作る。

シャーリーが、言葉も発さずに光の棒を振《ふ》るった。二人の兵士が、うめき声を上げながら崩《くず》れ落ちる。

同時にレミーンが治癒詠唱を発動、シャーリーの受けた傷《きず》をたちまち治療《ちりょう》する。

すかさず、シャーリーは光の棒を天に放ち、

『我が意を兼《か》ねて、跳《は》ね行き砕《くだ》け！』

さらなる詠唱を加えた。

光の棒は空中で横に回転を始め、一つの光の輪へと変化。

「せいっ」

シャーリーが手を振り、それにあわせるかのように残った最後の兵士へと飛び掛《か》かる。

槍《やり》で弾《はじ》こうとする兵士だが、光の輪は彼の反応《はんのう》速度を遥《はる》かに上回る勢いでもって激突《げきとつ》した。

重そうな鎧《よろい》を身に纏《まと》っているにもかかわらず、まるで投げ飛ばされた人形のように兵士は宙《ちゅう》に浮《う》く。

彼が地面に叩《たた》きつけられる鈍《にぶ》い音は、そのまま戦いの終わりを告げる合図だった。

「シャーリーさん、大丈夫《だいじょうぶ》ですかっ？」

「最低限の治癒はしておいたけど……」

トピーアとレミーンがシャーリーに駆《か》け寄《よ》る。

しかし、クラウスにそんな余裕《よゆう》はなかった。脱力《だつりょく》し、その場に座《すわ》り込む。

おそらく、生まれて初めて経験《けいけん》した本物の『戦闘《せんとう》』だった。これまで味わったこともないような集中と緊張《きんちょう》が、体力と精神《せいしん》力を根こそぎ奪《うば》っている。

「ふむ、まあいつものことだ。さすが勇猛《ゆうもう》をもって鳴るロスホーラの兵士だけあって、一《ひと》筋縄《すじなわ》ではいかなかったが」

その場にどっかりと腰《こし》を下ろすシャーリー。剣《けん》と斧《おの》を突き立てられて痛《いた》くないわけがないはずなのだが、少なくともその声色から苦悶《くもん》の様子は窺《うかが》えない。驚嘆《きょうたん》すべき忍耐力《にんたいりょく》だ。

「クラウスさん、お見事でしたよ。指示《しじ》を出さなくてもしっかり役割《やくわり》が果たせてたじゃないですか」

クラウスの方を振り向いてきたトピーアが、満面の笑《え》みで賞賛《しょうさん》してきた。

「やっぱり僕《ぼく》の見込んだ人です。試験さえ通ればいつでも最前線で活躍《かつやく》できますよ」

「うむ。招風詠唱《ストームウインド》の間合いは完璧《かんぺき》だったな。場数を踏《ふ》んだ人間でもああは行かないぞ」

シャーリーもトピーアに同意する。

「いや、そんな……」

照れる余裕もなかったが、反射的《はんしゃ》に謙遜《けんそん》してしまった。どうもこの控《ひか》えめさというか気の弱さは直らないらしい。

「これで大丈夫だと思います」

レミーンが立ち上がりながら言った。

「ありがとう」

シャーリーはもうぴんぴんとしている。おそるべき頑丈《がんじょう》さだと言えた。

「やはり合流を急いだほうがよさそうだ。孤立《こりつ》したままこれ以上襲撃《しゅうげき》を繰《く》り返されては、いくら何でももたない」

「……そうもいかないようです」

トピーアが悔《くや》しそうに呟《つぶや》いた。

「とりあえず逃《に》げた方がよさそう」

彼女が指差した先には、十人を超《こ》えるコスホーラの兵士がいた。

いずれも、仲間を倒《たお》されたことに対する怒《いか》りに燃えているようである。

「これは、厳《きび》しいな」

さっきの二倍以上の戦力だ。戦って勝てないこともないかもしれないが、損害《そんがい》も少なくは済《す》まないだろう。

『黒に相対するは白、闇《やみ》に相対するは光！　叡智《えいち》溢《あふ》るる光にて、いざ我《わ》が周りの漆黒《しっこく》を照らし出さん！　白光招起《びゃっこうしょうき》、百光称貴《ひゃっこうしょうき》！』

トピーアが点灯詠唱《ホーリーライト》を高出力で発動した。突然《とつぜん》の光に、兵士達がひるむ。

「今ですっ」

クラウスたちは一斉《いっせい》に走り出した。

土地勘《とちかん》は誰《だれ》一人としてない。足に任《まか》せて走り続けるばかりである。

「いたぞっ」

「逃がすな！」

行く先々で、ロスホーラ軍とばかり遭遇《そうぐう》する。もしや負け戦《いくさ》なのか、あるいは深入りしすぎて本格的《ほんかく》にはぐれてしまったのか。

クラウスにせよ他の人間にせよ所詮《しょせん》一兵卒であり、戦いの大局的な流れも分からない。

恐怖《きょうふ》と不安ばかりが募《つの》る。

どれだけ走ったろうか。クラウス達はいつの間にか大きな建物の中に逃げ込《こ》んでいた。

「ここって、役所ですよね……」

周囲を見回しながら、トピーアが言う。

「……そうだね」

これは大変な場所に来てしまったかもしれない。クラウスは暗澹《あんたん》たる気分になった。

おそらく、ここは相手方の大本営《ほんえい》として機能《きのう》している可能性《かのうせい》が高い。みすみす、懐《ふところ》に飛び込んでしまったようなものだ。

「でも、誰もいなさそうじゃありませんか？」

レミーンが、遠くを見透《みす》かす。

「確《たし》かにそうだな。明かりは全《すべ》て消えているし、人が動く気配もあまりしない」

シャーリーが腕《うで》を組んだ。

「位置的に言って、ウッドは撤退《てったい》なり転戦なりしたのかもしれないな」

「だと、すると……」

この場所をウッドが放棄《ほうき》するとは考えにくいが、もしやむにやまれずそうしたというのなら、これは最大の好機かもしれない。

「クラウスさん……」

トピーアが、クラウスの袖《そで》を引いてきた。

「ああ、ちょっと行ってみようか」

エルリーを助け出すことが出来るかもしれない、ということだ。

「行く？　どこへだ」

シャーリーの質問《しつもん》に、クラウスは言葉を探《さが》した。

言い訳《わけ》をするのなら、更《さら》なる戦力の補強《ほきょう》とかウッドの気勢《きせい》を削《そ》ぐとか色々考えられる。

「この建物の、四階の奥《おく》です」

しかし、クラウスは直球で勝負することにした。

「そこに、捕《と》らわれている大事な人がいるのです。助け出したい」

「戦況《せんきよう》はいかがか」

重々しい声で、ウッドは尋《たず》ねた。

「我が方不利にて推移《すいい》しているようですな」

さして動揺《どうよう》した様子もなく、ダークがそう答える。

「援軍《えんぐん》はまだまだ差し向けてもらえるようです。そう心配なさることはありません」

「そうか……」

「わたしくめの発明がお役に立てたようで、欣喜《きんき》の念に堪《た》えません」

そんなダークの言葉を、ウッドは本心から疑《うたが》い始めている。

「ダーク、お前の発明は確かに革新《かくしん》的だ」

ウッドは後ろを振《ふ》り返った。

そこの地面には、輝《かがや》く魔術《まじゆつ》文字がびっしりと描《えが》かれていた。

「これさえあれば、今までの戦術という戦術は全て塵芥《じんかい》と化すだろう」

魔術文字——そういうことにうといウッドでも分かるほどに、現代《げんだい》のものではないことが明らかである——の光がどんどん強くなり、天に向かって光柱を突《つ》き立てる。

その光柱が消えた後には、士気を高め装備《そうび》を整えたロスホーラ帝国《ていこく》の援軍が並《なら》んでいた。

「距離《きょり》も地形も無視《むし》し、僅《わず》かな手間であっという間に最前線へ援軍を送り届《とど》けるなど。この技術《ぎじゅつ》さえあればスカンディ国家連合が世界に覇《は》を唱えることも容易《たやす》い」

「お褒《ほ》めにあずかり恐縮《きょうしゅく》です。向こうはやたらと戦力を集めているようなので、排除《はいじょ》するのには今しばらくの時間がかかるでしょうが、ウッド様の弁舌《べんぜつ》によりロスホーラの皇帝《こうてい》を説き伏《ふ》せることに成功しておりますゆえ、いずれはラムリアを敗走させることも叶《かな》うでしょう。

そうしたのち、ロスホーラに亡命《ぼうめい》されればよろしい。連中が来る前にある程度《ていど》村を荒《あ》らしておいたのが生きてきます。ラムリア達を悪人にしておければ、今後ウッド様の名声も上がるかと」

「ふむ。相変わらず、見事な戦略眼《せんりゃくがん》を持っているな。だからこそ、尋ねたい」

ウッドはダークの目をすっと見つめた。

「貴様《きさま》は何者だ。何が、目的なのだ」

「いきなりどうなさったのです。この程度の戦で動揺《どうよう》されるウッド様ではございますまい」

「取るに足りない駆《か》け引きならば、時間の無駄遣《むだづか》いだ。早く質問に答えてもらおうか」

「異《い》な事をおっしゃる。私は誠心《せいしん》誠意ウッド様に仕えております。この忠誠心《ちゅうせいしん》をお疑いなのですか」

言葉に嘘《うそ》があるようには思えない。しかし同時にいかなる真実味も感じられなかった。ウッドの心はこの男をこれまで通り信頼《しんらい》することを拒絶《きょぜつ》し、ウッドの理性《りせい》もそれを許可《きょか》した。

感覚という曖昧《あいまい》なものに最終的な舵取《かじと》りを行わせるのは余《あま》り好きではない。しかし、自身の内側から聞こえてくる、これ以上この男の言う通りにすることは危険《きけん》だという警告《けいこく》を無視することはどうしてもできなかった。

「これから、どうしろと言っていたかな」

「乱戦状態《らんせんじょうたい》に持ち込むことに成功しました。ウッド様は今来た兵とともに村の入り口に移《い》動《どう》して下さい。敵《てき》の後背《こうはい》をつきます」

「それが分からないのだよ」

ダークの言葉を途中《とちゅう》で遮《さえぎ》る。

「確かに邀撃《ようげき》すると見せかけつつ挟撃《きょうげき》に持ち込むのは効果《こうか》的かもしれない。しかしならばなぜ私がここまで来なければならなかったのだ。ずっと村の外にいればよかったではないか。お前の言う秘密《ひみつ》兵器というのも、役所に置きっぱなしだというのに」

「ウッド様にここまで下がっていただいたのは、ひとえに安全を確保《かくほ》するため。いずれはこのコティペルト王国を支配《しはい》することになるお方。時が熟《じゅく》するまでは身を隠《かく》して安全を図《はか》っていただかなければ」

いい気分がしないということは共通しているが、ダークの言葉はいわゆるおべっかとは何かが違《ちが》う。

おべっかというものは、相手に気に入られよう、何とか気に入れさせなければというあまり陽性とは言えないがそれなりに強力な情熱《じょうねつ》が後ろ側にあり、そこに依拠《いきょ》して言葉が成立している。

しかし、このダークの言葉にはそういった必死ささえも感じられない。全《すべ》てが予測済《よそくず》みで、全てを見通しているかのような、余裕《よゆう》のみがある。

「秘密兵器に関しては、何の心配も要《い》りません。最強にして最大の護衛《ごえい》をつけてあります」

「そうか」

思わず納得《なっとく》の言葉を返してしまった。自分の流れに引き込むはずが、いつのまにかひっくり返されている。

「何も心配なされることはありません。全てお任《まか》せ下さい」

ダークという男は、自分よりも年下のはずである。しかし、まるで永劫《えいごう》の時を生きてきたかのような、そんな老獪《ろうかい》さに、ウッドはただならぬ恐怖《きょうふ》をおぼえた。

力が、自分の体に流れ込んでくるのを感じる。

決して前向きな力ではない。ひとたび行使すれば暗い淵《ふち》に落ち込んでしまいそうな、そんな邪悪《じゃあく》な力だ。

エルリーは思う。遂《つい》に、あの男の計画が最終段階《だんかい》に入ったのだ。

こんな、魔力《まりょく》を最適《さいてき》化するためだけの建物を建造《けんぞう》してまで準備《じゅんび》された計画が。

全身を、歯がゆさが襲《おそ》った。この悔《くや》しさは、かつて感じたことがある。

千年前、助力を断《ことわ》ったばかりに襲撃《しゅうげき》され結界の中に封《ふう》じ込められてしまったあの日だ。

同じだと思う。自身の力を封じられ、抵抗《ていこう》できずに、なすがままにされてしまう。一度ならず二度までも、こんな目に遭《あ》うとは。

何一つ変わっていない。何一つ、自分は進歩していない。

自嘲《じちょう》している時間は、ほとんど残されていなかった。あの男がどういう手段でこのおぞましい力を集めているのか分からないが、流入量から考えてもあっという間にあの男が必要としているだけの力を集めることが出来るだろう。

あの男の目的を果たした後、それが問題だ。

下手すれば、国一つくらいは灰燼《かいじん》に帰《き》すかもしれない。それは避《さ》けなければ。

——あの技術《ぎじゅつ》を生み出した人間として、取るべき責任《せきにん》は取るしかないだろう。そんな決意を、エルリーは固めた。


「やはり情報《じょうほう》は事実だったか」

うちかかってくる兵士を打ち倒《たお》すと、ラムリアは呟《つぶや》いた。

「わたしも半信半疑《はんぎ》でした。いわゆる流言の類《たぐい》か、敵《てき》の情報操作《そうさ》という線も捨《す》てられませんでしたから」

油断《ゆだん》なく杖《つえ》を構《かま》えながら、ナフィンがその呟きに返答する。

「もしそうだった時の対策《たいさく》も考えていたが、無用だったか」

剣《けん》を振《ふ》り、ラムリアは血を払《はら》い落とす。鷲嘴剣《エピー・ソード》は血や脂程度《あぶらていど》で切れ味に変化が出るような凡百《ぼんぴゃく》の刀剣《とうけん》とは格《かく》が違うが、滴《したた》るままにしておくのは若干《じゃっかん》いい気がしない。

「提供者《ていきょうしゃ》からの条件の提示はないのか」

「ええ。投降《とうこう》や抜擢《ばってき》の交渉《こうしょう》が来るかと準備していたのですが、全くありませんでしたね」

「気味が悪いな」

自身が属《ぞく》する側を決定的に不利な状況《じょうきょう》へと追い込《こ》むくらいの情報を相手側に流しておいて、見返りを求めないというのもおかしな話である。

「目的が分からん」

気まぐれや思いつきでやることではない。必ず、教えたには教えただけの理由が存在《そんざい》しているはずだ。

「勝ち戦《いくさ》ですし、ロスホーラとの外交の手札を一つ増《ふ》やすことも出来そうですが、油断するのはもう少し後にした方がいいでしょうね」

「全くだ」

二人は頷《うなず》き交《か》わす。

ラムリアの内心に安心感がたゆたう。

同じことをしっかりした視点《してん》から検討《けんとう》を加えてくれる人間が持てた自分は幸運だろう。

国家の指導者《しどうしゃ》が味わいがちな孤独《こどく》感を、ナフィンのお陰《かげ》で随分緩和《ずいぶんかんわ》してもらっている。

「……情報の続きを憶《おぼ》えているか」

ラムリアの問い掛《か》けに、ナフィンは首を縦《たて》に振《ふ》った。

「ええ、一字一句間違いなくしっかりと記憶《きおく》の重要な部分に納《おさ》めております」

「流石《さすが》だな」

思わず笑《え》みを見せそうになってから、慌《あわ》てて表情を作り直す。戦闘《せんとう》中だ、総指揮官《そうしきかん》が気を緩《ゆる》めるわけにはいかない。

「ひとまず、ウッドは途中《とちゅう》で単独《たんどく》行動を取るということらしいですね」

「入り口に行くということだったか。ご丁寧《ていねい》に道筋《みちすじ》まで指示《しじ》があったが」

まるで全《すべ》て初めから決められている、と言わんばかりの情報だった。

「疑《うたが》わしいが、混乱《こんらん》を誘《さそ》う情報としては稚拙《ちせつ》に過《す》ぎる。稚拙を装《よそお》うにしても、もう少しまともなやり方があるはずだ」

「全くです。あのウッドともあろう者が、こんな手段《しゅだん》を取るとは考えられません。事実と考えた方がよほど辻褄《つじつま》が合います」

もちろん、虚報《きょほう》だった時のための対策も考えてある。しかし、ラムリアはある程度その情報に従《したが》って動くつもりだった。

「あのダーク・ムーアという男。何者だろうか」

情報提供者である、ウッドの腹心《ふくしん》の顔を思い出してみる。

二度ほど会ったことがある。一度目は、見所のある研究者がいるというウッドの推薦《すいせん》に従って会った時のことであり、二度目はそのダークがスカンディ国家連合間の取り決めに背《そむ》く研究をしているという内部告発に基《もと》づきラムリア自ら調査《ちょうさ》を行った時のことだ。

いずれの時も、受けた印象は同じだ。——信用できない。

胡散臭《うさんくさ》いとか、怪《あや》しいという類《たぐい》のものではない。根本的なところで、危険《きけん》な雰囲気《ふんいき》を持っている。

今回の情報漏洩《ろうえい》にしても、真意が見えないこと甚《はなは》だしい。

常識的《じょうしき》に考えれば、ウッドに愛想《あいそ》を尽《つ》かし寝返《ねがえ》ろうとしていると判断《はんだん》したくなるところだ。

だが、このダークという男は下手をすると外交問題に発展《はってん》しそうな研究に手を染《そ》めていた。たかが内部情報くらいで今後も自由な立場になれる保証《ほしょう》はない。そもそも若干不利になったくらいで内通するような人間を重用しなければならないほど、コティペルト王国は人材が不足しているわけではない。

そんなことくらいはあのダークという男も分かっているはずだ。話して受けた印象からは、ますます謎《なぞ》が深まる。

「光柱が七度目に立ち上った時に、ウッドが移動《いどう》するそうですが……」

光柱が何か、ということまでは聞いていない。ただ、光の柱が天に向けて上るから、それによく注意するようにとのことだった。

「つい先程《さきほど》ので六回目か。間隔《かんかく》はまちまちだから、次がいつ来るとは――」

ナフィンの言葉は、ほとんど間を空けずに立ち上った光の柱にかき消された。

「……どうなさいますか、陛下《へいか》」

尋《たず》ねてくるナフィンに、ラムリアは頷《うなず》いて見せた。

「取りあえずその道筋を見てみよう。指揮は全てティルに任《まか》せる」

「ティルさんなら上手《うま》くやってくれるでしょう」

王国近衛《このえ》軍総指揮官を務《つと》めるティル・ドゥハスト・リンデマーラは、やや応用《おうよう》力にかける嫌《きら》いがあるものの、安定した判断力と堅実《けんじつ》な行動力には定評《ていひょう》がある。ラムリアも何度かチェスの相手をさせつつ喋《しゃべ》ってみたことがあるが、評判通りの人間性《せい》だと言う風に感じられた。

「行くぞ。多数で動くとかえって怪しまれる」

「了解《りょうかい》です。必要最低限《さいていげん》の人数で移動しましょう」

言うと、ナフィンは数名の兵士と王国詠唱士《えいしょうし》を呼《よ》び集めた。

「王国軍剣術《けんじゅつ》指南役ノリス・アルダー及《およ》びその直属《ちょくぞく》の兵士十名と、最上級階層《マジエスティ》のヴィニー・アービンとミゲル・バロールです。これだけいればある程度《ていど》の数には対処《たいしょ》できるかと」

「よきにはからえ」

ナフィンの決めたことなら問題ない。信頼《しんらい》とか信用といったことではなく、単に否定《ひてい》しようがない事実なのだ。

「では、移動しましょうか」

「うむ」

手勢《てぜい》を引き連れ、ラムリアはウッドを追うことにした。


「本当に、誰《だれ》もいませんね……」

トピーアが言う。

役所の中は、死んだように静まり返っていた。明かりもないので、点灯詠唱《ホーリーライト》がなければ歩くことも出来ない。

様々なものがばらばらと散らばっているのは、急な侵攻《しんこう》に動揺《どうよう》が走ったせいだろうか。

「放棄《ほうき》したって考えるのがよさそうですねー」

レミーンがきょろきょろする。

「防衛《ぼうえい》には向かないからな。妙《みょう》に魔力《まりょく》的均衡《きんこう》にこだわった内装《ないそう》なのが解《げ》せないが」

シャーリーの感想は、トピーアのそれとよく似《に》ている。一流の人間はやはり同じ所に着目するのだろうか。

「ですよねー。役所にこんな仕《し》掛《か》けをするのが意味不明です」

「戦闘《せんとう》が終わったら、魔術調査官《ちょうさかん》に任せた方がいいかもしれないな。何か重大なことを企《たくら》んでいたのかもしれない」

「じゃあ、あんまり触《さわ》ったりしちゃいけないのかなー。あの椅子《いす》とか持って帰りたいのにー」

「なんで椅子なんですか……」

「と、トピィちゃん今馬鹿《ばか》にしたでしょ！　椅子のこと考えてるなんて馬鹿だって思ったんだ。うわあああん」

「ちっ、違《ちが》いますよ！　椅子素敵《すてき》ですよね！　その、座《すわ》れるし！」

緊張《きんちょう》感があるのかないのかよく分からない会話をしながら階段《かいだん》を上る三人の後ろをついていきながら、クラウスは逸《はや》る気持ちを抑《おさ》える。

もうすぐ、エルリーのもとへたどり着ける。助け出すことが出来る。そう思うと、胸《むね》が高鳴るのを隠《かく》せなかった。

この調子だと、とっておきを使うことにもならなさそうだし。

まあ、思いついてから一度も実践《じっせん》していないので、効果《こうか》のほどは怪《あや》しいことを考え合わせると、使わずに済《す》むに越《こ》したことはないだろう。

以前にも一発勝負で自作詠唱を発動させたことがあったが、そう何度も上手《うま》くいくとは限《かぎ》らない。安全に行くのなら、それが一番だ。

そうこうしているうちに、四階へ到着《とうちゃく》した。廊下《ろうか》を歩き、壁《かべ》の所まで進む。

「……ない」

壁は存在《そんざい》していなかった。向こう側が、あっさりと見えている。

「行こう」

気持ちを抑えきれず、クラウスは走り出そうとした。

「待て、待つんだ」

その襟元《えりもと》を、シャーリーが摑《つか》んでくる。

「何をするんですかっ」

思わず本気で抗議《こうぎ》してしまった。トピーアやレミーンの驚《おどろ》いた顔が視界《しかい》の端《はし》に見える。

「何かおかしい。迂闊《うかつ》に近づくのは——」

シャーリーの言葉は最後まで続けられることがなかった。

「シャーリーさん!?」

トピーアの悲鳴に答えることもなく、体をくの字に曲げるようにして、シャーリーがその場に倒《たお》れ込《こ》む。

「な、何!?」

レミーンが動転する。

クラウスにも分からなかった。余《あま》りにも突然《とつぜん》のことで、理由を推測《すいそく》することさえも出来ない。

前衛《ぜんえい》を兼任《けんにん》する類《たぐい》の攻性詠唱士《こうせいえいしょうし》は、『叫びし讐言《スクリームヴェンジエンス》』なしでも十分すぎるほどの打たれ強さを誇《ほこ》っているのが普通《ふつう》だ。こんな風に、あっさりと倒されることなど滅多《めった》にあることではないのだ。

驚愕《きょうがく》するクラウス達の前に、風のように一人の少年が現《あらわ》れた。

「お前はっ……!」

腰《こし》まで伸《の》びた長い髪《かみ》に、一切《いっさい》の感情《かんじょう》が窺《うかが》えない表情。

見覚えがある。以前エルリーが連れ去られたときに、いた少年だ。

『我《われ》その加護《かご》を渇望《かつぼう》せん、我その庇護《ひご》を熱望せん! 陽の統治者《とうちしゃ》すなわちハンセン、汝《なんじ》の輝《かがや》き今こそここに！　陽沙《ようさ》燈乱《とうらん》、光狭《こうさ》導暗《どうあん》！』

トピーアが詠唱し、少年とクラウス達の間に防壁《ぼうへき》を作る。

「レミーンさん、シャーリーさんを治療《ちりよう》して——」

トピーアが指示《しじ》を出そうとして、息を呑《の》んだ。

「そ、そんなっ」

彼女が作り出した防壁が、あっという間に破壊《はかい》されたのだ。

驚愕するトピーアに、少年は情《なさ》け容赦《ようしゃ》なく襲《おそ》いかかる。

止めることも出来なかった。トピーアははじき飛ばされ、ごろごろと地面を転がっていく。

「トピィちゃんっ！」

レミーンが上ずった声を出す。

トピーアは動かない。気絶《きぜつ》してしまったのだろう。

無理もない。打撃《だげき》を受けることも仕事のうちであるシャーリーのような詠唱士でさえ打ち倒されてしまったのだ。トピーアではひとたまりもないだろう。

「よ、よくも……」

レミーンが唇《くちびる》を噛《か》み、少年を睨《にら》み据《す》える。

少年は、そんなレミーンの視線を静かに見返した。油断《ゆだん》もなく、怯懦《きょうだ》もなく、慢心《まんしん》もない。ただ見ている、それだけの視線《しせん》。

「ひっ」

レミーンが竦《すく》んだのは、必ずしも彼女が臆病過《おくびょうす》ぎるからだけではないだろう。

この少年は、何かが違《ちが》う。違いすぎる、と言っていい。クラウス達の常識《じょうしき》では測《はか》れない、測ってはいけない何かが、その内側にある。

「くそっ……」

あっという間にクラウス達の戦力は半減《はんげん》させられてしまった。倒されたのが核《かく》となる二人だということを考えると、戦力の減少具合は見かけの数以上にのぼるかもしれない。

攻撃を仕掛《しか》けようにも、防御《ぼうぎょ》の体勢《たいせい》を取ろうにも、普通《ふつう》の詠唱では間に合わない。詠唱の最大の弱点である所要時間が、ここでは致命《ちめい》的な欠点となっていた。

詠唱士は元来、近接《きんせつ》攻撃を得意とする相手とは相性《あいしょう》が悪い。互角《ごかく》に戦うためには、向こうの間合いで戦わないようにするのが一番なのだ。

しかし、現状《げんじょう》では既《すで》に懐《ふところ》へ潜《もぐ》り込まれた格好《かっこう》になっている。治癒《ちゆ》詠唱士と助性詠唱士しかいない状態《じょうたい》では、ひっくり返すのは至難《しなん》の業《わざ》である。

倒せなかったとしても、せめて相手を無力化できたらと思うのだが、そんな手段《しゅだん》も考えつかない。

冷や汗《あせ》が噴《ふ》き出す。後一歩なのだ。ここさえ通過《つうか》できれば、エルリーを助け出すことが出来る。

しかし、この少年を倒すのは現在《げんざい》では不可能《ふかのう》に近い。一旦撤退《いったんてったい》することさえも出来ない。どうすればいいのか。

「困《こま》っているようね」

いよいよ進退窮《きわ》まったかに見えたその時、どこからともなく落ち着いた女の声が聞こえてきた。

「条件次第《じょうけんしだい》じゃ力を貸《か》してあげてもいいわよ」

サビーネである。

「な、何でこんなところに」

「特に深い意味はないわ」

「別に、潜伏《せんぷく》していたら戦闘《せんとう》が始まったから何かよさそうなものがあれば火事場泥棒《どろぼう》で頂《いただ》きなんて考えてませんからね」

サビーネの隣《となり》にいたヨハンが言った。

「懇切丁寧《こんせつていねい》に説明してるんじゃないわよ！」

サビーネの杖《つえ》が唸《うな》る。

「こんなことしてる場合じゃないわ。……そのガキ、見た目は違うけど雰囲気《ふんいき》がこの前会った奴《やつ》に似《に》てるわよね」

腕《うで》を組むサビーネは、真剣《しんけん》そのものの目つきである。

「そうですね」

痛々《いたいた》しいたんこぶを隠《かく》そうともせずに、ヨハンが頷《うなず》く。

「あんたらは下がってなさい」

後ろに控《ひか》えている子分達にそう言うと、サビーネは一歩前に進み出た。

「さあ、やることは分かってるわねヨハン」

『師突《しとつ》、糸源《しげん》！』

返事よりも先に、ヨハンは杖を振《ふ》り詠唱《えいしょう》した。

少年の体に白い糸が絡《から》まり、その動きを封《ふう》じる。

略《りゃく》詠唱だ。詠唱は言葉を繋《つな》げることで効果《こうか》を生み出すのが大前提《ぜんてい》なのだが、それをあえて必要最低限《さいていげん》まで省略して不意打ちや連続使用に向いた形へと変化させるものである。

「その手があったか……」

それまでの窮地《きゅうち》も忘《わす》れてクラウスは感心した。さすがは、詠唱士の最高学府と言われるホフマン魔術《まじゅつ》学院の出身である。

しかし、略詠唱は効果が根本的に低い。ずば抜《ぬ》けた身体能力を誇《ほこ》る少年を拘束《こうそく》しておくことができるのだろうか。

『全《すべ》ての終焉《しゅうえん》を我《われ》は見る、破滅《はめつ》を統《す》べて終演《しゅうえん》を観劇《かんげき》す』

間髪《かんはつ》を入れずに、サビーネが詠唱する。

少年は動かない。否《いな》、動けないのか。

略詠唱だというのに、何という効果だろう。よほど魔力の再変換技術《さいへんかんぎじゅつ》に長《た》けているらしい。

『始点と終点はすなわち対《つい》なり、そして終《つい》ゆえに輝《かがや》かん。滅路本義《めつろほんぎ》、越魯遜偽《えつろそんぎ》』

サビーネの杖から、牙《きば》を剝《む》く猛犬《もうけん》を模《も》した魔力が迸《ほとばし》る。『破滅を告ぐ者《ドゥームセイヤー》』だ。

破滅《はめつ》を予言する神を象《かたど》る波動は、狙《ねら》い過《あやま》たず少年に激突《げきとつ》した。

略詠唱で動きを封じられた少年には、吹《ふ》っ飛ぶことさえも許《ゆる》されなかった。その場に縫《ぬ》い止められたまま、衝撃《しょうげき》の全てを受け止めることを余儀《よぎ》なくされる。

「ふっ。俺《おれ》とサビーネさんの組み合わせは世界最高峰《さいこうほう》だぜ」

ヨハンが誇《ほこ》らしげに言う。

「そりゃ世界最高級の詠唱士であるわたしと組めば昆虫《こんちゅう》でも世界一よ」

そんなヨハンを全否定《ひてい》しつつ、サビーネは再《ふたた》び詠唱を始めようとした。杖《つえ》を横様に構《かま》える、少し古式めいた立ち姿《すがた》が艶《あで》やかである。

「確《たし》かに世界でも類《るい》を見ないほどの実力だ」

しかし、そんなサビーネの詠唱は完成されることはなかった。

「今の時代では、という注釈《ちゆうしやく》付きではあるが」

黒い煙《けむり》が、彼女を後ろ手に縛《しば》り上げたのだ。

杖が床《ゆか》に落下し、音を立てる。

「なっ……」

一番驚《おどろ》いているのはサビーネ自身だった。

「一体、どうやって」

「君達には永劫《えいごう》分からないことだな」

クラウス達が向かおうとしていた奥《おく》の方から、忽然《こつぜん》と一人の男が姿を現《あらわ》した。

「『koass mawra』。君達が闇《やみ》魔術と呼《よ》び恐《おそ》れている魔術体系《たいけい》に属《ぞく》する詠唱だよ」

薄暗《うすぐら》い部屋にあってなお、その男の額《ひたい》に刻み込まれた魔術紋様《もんよう》は際立《きわだ》っている。

「まさか、そんな……」

ヨハンの声から高揚《こうよう》の色は完全に消え去った。怯《おび》えと恐れが、入れ替《か》わりに彼を支配《しはい》しているようだ。

「ジョージ、だな」

一人、男から目を逸《そ》らさず、クラウスはそう言った。

「その名で私を呼ぶと言うことは、一部始終を聞いたか。ならばダーク・ムーアなどというくだらぬ偽名《ぎめい》を用いることもあるまい」

男——千年前に起こった戦争の主因《しゅいん》であり、エルリーを結界に封じ込めた張本人《ちょうほんにん》であり、そして現代《げんだい》に甦《よみがえ》り再びエルリーを拐《かどわ》かした諸悪《しょあく》の根源《こんげん》、ジョージ・カロドナー。

傍《かたわ》らには、人形のような女性《じょせい》が控えていた。少年から受ける印象よりも、更《さら》に不気味な空気を放っている。

少年が空っぽなら、この女性は空っぽでさえなかった。存在感《そんざい》がない、どころの話ではない。存在していると思えないのだ。

「何を知られていようと構わないことだ。全ては、じきに終わる」

ジョージが、ぱちんと指を鳴らす。

「くううう……あぁぁ……」

悲鳴とも呻《うめ》きともつかない声を漏《も》らしながら、サビーネが床に転がった。

「汲《く》めども尽《つ》きぬ豊潤《ほうじゅん》な魔力。なるほど、少なくとも現代においては屈指《くっし》の使い手となれよう」

その言葉から察するに、サビーネの魔力《まりょく》を吸《す》い取っているのだろう。現代の詠唱技術《えいしょうぎじゅつ》で同じことをしようとするなら、サビーネが以前エルリーに使った魔法陣《じん》のような、大々的な仕掛《しか》けが必要になる。

「貴様《きさま》、よくもサビーネさんに！」

子分の数名が、逆上《ぎゃくじょう》して襲《おそ》いかかった。

「ふん、喧《やかま》しいな」

しかし、ジョージのもとに辿《たど》り着くことさえも出来なかった。

体に拳《こぶし》がめり込《こ》む鈍《にぶ》い音、骨《ほね》が折れる音。

「無闇に近づくんじゃないっ！　あのガキはもう動けるぞ！」

ヨハンが叫《さけ》ぶ。

「いい判断《はんだん》だ」

サビーネの子分をあっという間に叩《たた》きのめした少年を傍らに手招《てまね》くと、ジョージは苦笑いをこぼす。

「しかし予想外だったよ。この場所に人が来ないように、兵を配置させたり捨《す》て駒《ごま》を用意したりと工夫《くふう》を凝《こ》らしたのだが」

「一体、何を……」

「まあいい」

ジョージは手を広げた。

「丁度いいと言えば丁度いい。君達には生《い》け贄《にえ》になってもらおう」

その顔に、一瞬《いっしゅん》前までの苦笑いとは別種の表情《ひょうじょう》が浮《う》かぶ。

「いやむしろ、道連れと言った方があるいは正しいか」

笑顔《えがお》という点では同じで、しかし意味合いが根本的に異《こと》なるそれ。

「光栄に思うといい。君達は、世界で初めて発動する詠唱を目《ま》の当たりにすることができるぞ」

——すなわち、はっきりとした、狂気《きょうき》。


「本当に、こちらで合っているのか」

珍《めずら》しく、ラムリアは焦《じ》れていた。

「間違《まちが》いありません」

「その割《わり》には、いつまで経《た》っても現れないではないか」

返答するナフィンを、ついついなじってしまう。

「どうか、もうしばらくご辛抱《しんぼう》を」

「……すまぬ」

分かっている。焦《あせ》っても仕方ない。

しかし、後もう少しで宿願が果たせると思うと、逸《はや》る気持ちをどうにも抑《おさ》えきれなかった。

時折入る伝令からは、自軍の圧倒《あっとう》的優勢《ゆうせい》が伝わってきた。コティペルト王国の粋《すい》を集めた戦力であるがゆえ当然の結果である。

しかし、このような小競《こぜ》り合《あ》いで勝利することは目的ではない。あくまで、ウッドを倒《たお》すことが最優先なのだ。

そうすることで、父の恨《うら》みも晴らせる。国家の安定も期待できる。

これまで国の内外を問わずに起こっていた様々な問題も、そのかなりがウッドの差し金だったことが明らかになっている。自身の権勢《けんせい》の更《さら》なる強化を狙《ねら》い、騒《さわ》ぎを起こしては自分で解決《かいけつ》していたのだ。

ウッドを倒し、その悪行を明らかにすれば、コティペルト王国の平和をより強固なものにできる。墓《はか》の下の父も喜んでくれるだろう。

そのことを考えるたびに、じっとしていられなくなる。まだまだ精神的《せいしん》に未熟《みじゅく》ということなのだろうか。

「陛下《へいか》、陛下！」

斥候《せっこう》に出していたノリスが戻《もど》ってきた。

「どうした」

見るからに慌《あわ》てている。元々好戦的で沈着《ちんちゃく》さや冷静さという単語からに若干距離《じゃっかんきょり》があるノリスだが、それにしても尋常《じんじょう》ではない。

「いました、ウッドがいました！」

「どこだ、どこにいた」

びり、と体中を電流が貫《つらぬ》いたかのような感覚。

「この先の路地を真《ま》っ直《す》ぐいって、突《つ》き当たりを曲がったところです」

「兵力はどうなっていましたか？」

ナフィンの言葉にも、若干の緊張《きんちょう》が感じられた。滅多《めった》にないことだ。

「兵士が目視《もくし》で数十人。いずれも一般《いっぱん》の兵士です」

勝った。内心でそう叫《さけ》ぶ。数ではこちらが下回るが、ひっくり返すのはわけないことだ。

「全員、もう少し進んだところで待機だ。正面から迎《むか》え討《う》つ。初撃《しょげき》はナフィンの詠唱で行くぞ」

「向こうはこちらに気づいていないと思われます」

ノリスが具申《ぐしん》してくる。

「待ち伏《ぶ》せによる奇襲《きしゅう》の方が効果《こうか》的だと存《ぞん》じますが」

「否《いな》。正面から討ち果たす」

ラムリアは剣《けん》を抜《ぬ》く。

「先王の無念を果たすには、そうするのがおそらく一番だ。正々堂々、奴《やつ》の首級を挙げるぞ」

「……御意《ぎょい》！」

ノリスの目が燃え上がる。元々、戦略戦術《せんりゃくせんじゅつ》よりも正面からのぶつかり合いを好む性格《せいかく》が表に出てきたようだ。

それはノリスに限《かぎ》らないようだ。彼の部下も、二人の王国詠唱士《えいしょうし》も、一様に滾《たぎ》る気持ちを隠《かく》しきれない様子でいる。

『意志《いし》を縊死《いし》さしむるその嘆《なげ》きを、破棄《はき》されし覇気《はき》に変えん。前方へ漸進《ぜんしん》せよ、後方の高《こう》峰《ほう》を候補《こうほ》とし』

ナフィンが詠唱を始めた。『鋼の魔宴《メタル・ディスチャージ》』。彼女が最も得意とする攻性《こうせい》詠唱である。

「この場に居合《いあ》わせられたことを幸運に思うといい」

剣をひょうと振《ふ》ると、ラムリアは薄《うす》く笑った。

「コティペルト王国史上に残る逆賊《ぎゃくぞく》の討伐《とうばつ》を目《ま》の当たりに出来るのだからな」

『斗《と》砲《ほう》を揺《ゆ》るがす東峰に、御《ご》風《ふう》をとどめる轟譜《ごうふ》とせん！』

ナフィンの詠唱が、佳境《かきょう》を迎えた頃。

道の向こうに、一団《いちだん》の兵士に守られた老人が現《あらわ》れた。

「旗を掲《かか》げよ！」

兵士の一人に命じる。

さっと、向かい合うイルカと鷲《わし》――コティペルト王国の紋章《もんしょう》が描《えが》かれた旗が天に翻《ひるがえ》る。

未《いま》だ消えぬ戦《いくさ》の轟《とどろ》きを反射《はんしゃ》しながら、高らかに、誇《ほこ》らしげに。

「ナフィンの詠唱発動後、ノリスは一気に襲撃せよ。ヴィニーとミゲルは助性詠唱でもってノリス達を後方支援《しえん》」

指示《しじ》を出すと、ラムリアは一番先頭に進み出た。

「陛下、危《あぶ》のうございます」

ナフィンが諫《いさ》めてくるが、ラムリアは耳を貸《か》さなかった。

「卑怯者《ひきょうもの》の刃《やいば》は、誇り高き荒鷲《イーグルハート》の心を持つ余《よ》には通らぬ」

ウッドの周《まわ》りの兵士達に動揺《どうよう》が走るのが見えた。行く手に突然《とつぜん》、コティペルト王国国王の所在《しょざい》を示《しめ》す王旗が現れたのだから、無理もないことだろう。

「ウッド・ハリース・スモールロッド。父フォグラス・ピスロメン・コティペルトの仇《かたき》、討《う》たせてもらう」

高らかにそう宣言《せんげん》すると、ラムリアはウッド達に剣を向けた。

「逃《に》げ道はない。祈《いの》る猶予《ゆうよ》もやらぬ。ここが貴様《きさま》の奥津城《おくつき》だ」

『鞭時朗編《べんじろうへん》、縁字等剣《えんじとうけん》！』

ナフィンが杖《つえ》を振り、次の瞬間《しゅんかん》、ウッド達の足下《あしもと》が膨《ふく》れあがり爆発《ばくはつ》した。

兵士達のほとんどが宙《ちゅう》に巻《ま》き上げられる。

「突貫《とっかん》！」

ノリスを先頭に、近衛《このえ》兵達が生き残ったロスホーラの兵士達に襲《おそ》いかかる。

『その身を堅《かた》き鋼《はがね》となして、その威《い》を荒《あら》き鏨《たがね》となさん！　あたかもそれは鉄神ヒエタラ、大地を支《ささ》えし義眼《ぎがん》の聾者《ろうしゃ》！　体駆《たいく》員眼《いんがん》、細句《さいく》琴団《きんだん》！』

『我《わ》が肉を斬《き》る愚《おろ》か者、その骨断《ほねた》たれる悪夢《あくむ》を謡《うた》え。苦痛《くつう》は自《おの》ず疎通《そつう》を始め、魔通《まつう》の調べを世に奏《かな》でん。魔通始貴《あいき》、矢通概儀《やつうがいぎ》』

詠唱士達が後ろから支援《しえん》する。必勝の方程式《ほうていしき》だ。

戦闘《せんとう》はあっさりと終わった。数の上では勝《まさ》っていたロスホーラの兵士は全員が倒《たお》され、ただ一人ウッドを残すのみとなった。

「剣をとれ」

ラムリアは倒れているロスホーラの兵士の手から剣を奪《うば》うと、ウッドの前まで歩いた。

「コティペルト王国の士大夫《したいふ》として、恥《は》ずかしくない最後を貴様にくれてやる」

「……情《なさ》けを、かけるか」

ウッドは重々しくそう呟《つぶや》くと、剣を拾い上げた。

「どこからでも、かかってくるがよい」

すっと腰《こし》を引き、剣を構《かま》える。

ウッドは何も言わず、じっと手の剣を眺《なが》め。

そして、おもむろに己《おのれ》の腹《はら》へと突《つ》き立てた。

取り囲んでいた近衛兵達に僅《わず》かな動揺が走る。

「自ら命を絶《た》つか」

血が流れ出すウッドの口が、僅かに動いた。何か、言い遺《のこ》そうとしているようである。

聞き届《とど》ける義理《ぎり》などどこにもない。しかし、それでもラムリアはウッドの側《そば》に跪《ひざまず》いた。

自分でも、なぜそうしたのか分からない。あれほど憎《にく》んだ相手の遺言《ゆいごん》を聞く気になるなど、不思議なものだ。

「……だ、あのダークという男は、危険《きけん》……」

人間、腹を自ら裂《さ》いたくらいではすぐに死ぬことは出来ない。ウッドは苦悶《くもん》の息を継《つ》ぎながらも未《いま》だはっきりした意識《いしき》を保《たも》っている様子だった。

「貴様を裏切《うらぎ》り、自らの保身《ほしん》に走るような男だからな。いかに高い技術力《ぎじゅつ》を持っていたとしても、用いるには適《てき》さぬ」

ラムリアの言葉に、ウッドは首を横に振《ふ》った。

「奴《やつ》にはめられた、から、言うのではない。奴は、何か、途方《とほう》もないことを企《たくら》んでいる……」

しかし、何分老体である。その命の灯火《ともしび》は、流れ出す血とともに加速度的に輝《かがや》きを弱めていた。

「あの男を、信用しては、なら、ぬ。出来るなら、この勢《いきお》いのまま奴も討ってしまうべき、だ」

これまで自身の権勢欲《けんせいよく》を満たすことを至上《しじょう》の目的としてきたウッドの言葉である。信じるか疑《うたが》うか、いずれが正しいかはわざわざ論《ろん》じることもないほどだ。

「奴は、奴の力は、途方もない。今の世界の、常識《じょうしき》を、逸脱《いつだつ》したところに……」

しかし、ラムリアはウッドの言うことに耳を傾《かたむ》け続けた。見過《みす》ごすことの出来ない何かが、そこにあるような気がしたのだ。

「その気になれば、奴は、この国を……」

意識が混濁《こんだく》してきたのか、ウッドの言葉は途切れがちになる。

「……よく分かった。他に言い遺すことはないか」

ラムリアの問いに、ウッドは微《かす》かに唇《くちびる》をつり上げた。

「な、いな。あの世でフォグラス王にする、言い訳《わけ》、を考えておく」

それが、不世出の政治家《せいじか》にして稀代《きだい》の姦臣《かんしん》、ウッド・ハリース・スモールロッドの最後の言葉になった。

「……ウッドの死体は、いかがなさいますか」

ナフィンが、尋《たず》ねてくる。

「捨《す》て置け」

冷酷《れいこく》なようだが、こうすると決めていた。

「礼を尽《つ》くすには当たらぬ。ロスホーラの兵士とともに、朽《く》ちるに任《まか》せよ」

「了解《りょうかい》しました」

「……さて、次はあのダーク・ムーアという男だ」

立ち上がると、ラムリアは剣《けん》を鞘《さや》に収《おさ》めた。

「ティルに連絡《れんらく》し、ロスホーラ軍を排除《はいじょ》しつつダークの行方《ゆくえ》を追うように指令しろ」

「御意《ぎょい》」

ノリスが駆《か》けだしていく。

「ウッドの言うことを信じるのですね」

ナフィンが、ラムリアの隣《となり》に立つ。

「いずれにせよ、主《あるじ》を裏切るような人間を用いるつもりなど初めからなかった」

「なるほど。左様でしたか」

「行くぞ。浪費《ろうひ》していいような時間はない」

あっさりと、ラムリアはその場から去る。

もう少し、感慨《かんがい》が湧《わ》いたりするものだとばかり思っていた。感極《きわ》まって涙《なみだ》するかもしれないとまで覚悟《かくご》していたのだ。

しかし、実際《じっさい》の所は淡泊《たんぱく》とさえ言えるほどのものだった。肩《かた》の荷が下りたような感覚は確《たし》かにあるが、悲願を果たしたというにはあまりにあっけなかった。

きっと、遅《おく》れて色々な感情《かんじょう》がやってくるのだろう。そう思うことにして、ラムリアはひとまずの決着をつけた。

「やるべきことは、いくらでもあるからな」

歩き始める。次へ向かって、明日へ向かって。


「そろそろ、けりがついた頃合《ころあ》いか」

少し遠くを見るような目をしながら、ジョージが言った。

「何の、ことだ」

問い返すクラウスの耳には、未だ消え残る鬨《とき》の声や爆発音《ばくはつおん》が間断《かんだん》なく聞こえていた。

なぜそんな音が聞こえるのか。

「君達には関係ない。こちらの話だ」

それは、クラウス達が役所の屋上にいたからだった。

「お前、これを一体どうやったんだ……!?」

呆然《ぼうぜん》としたまま、ヨハンが言う。

「これだけの人数を、一度に別の場所まで移動《いどう》させるなんて……」

「簡単《かんたん》なことだ。『mreafd』を使い空間と空間を直結させ、運んだだけのことだ」

隣《となり》にいる少年の頭を撫《な》でながら、ジョージは笑った。

「もっとも、今の君達にしてみれば人智《じんち》を超《こ》えた悪魔《あくま》の所行であるかのように思えるかもしれないがな」

「くっ……」

「逃《に》げられるとは思わないことだ。今、この建物の周りには結界を張《は》ってある」

「結界くらいで、閉《と》じこめられると思うなよ」

ヨハンがサビーネを担《かつ》ぐ。黒い拘束《こうそく》は既《すで》に解《と》かれているが、奪《うば》われた魔力は相当量だったらしく、サビーネとは思えないほどに衰弱《すいじゃく》していた。

「この期《ご》に及《およ》んで、私が普《ふ》通《つう》の結界を張ると考えているその前向きさは羨《うらや》ましいな」

そんなヨハンをあざ笑うと、ジョージは軽く腕《うで》を振《ふ》った。

『mofsain,lofsein』

轟《ごう》という音とともに、透明《とうめい》の刃《やいば》が屋上の床《ゆか》を抉《えぐ》りながらヨハン目がけて突進《とっしん》した。

「うわっ!?」

ヨハンのすぐ横を刃は通り、そのまま屋上の柵《さく》を破壊《はかい》し中空に飛び出す。

次の瞬間《しゅんかん》クラウス達を襲《おそ》ったのは、ばちりという閃光《せんこう》だった。強大な魔力同士が激突《げきとつ》した時に発生する衝撃波《しょうげきは》が、五感を隅々《すみずみ》まで打ちのめす。

「ある程度《ていど》使える人間だろうから、説明は要《い》らないと思うが」

「……お前は、何者だ」

呻《うめ》くようにヨハンが言う。

「たったそれだけの詠唱《えいしょう》で禁十二階詠唱《フォビドゥン》に匹敵《ひってき》する出力の魔術《まじゅつ》を行使し、なおそれを受け止める結界を張るなんて」

その顔にはっきりと刻《きざ》みつけられている、戦慄《せんりつ》。

「人間業《わざ》じゃない」

「ふふふ、そうだな。私は既に人間ではない。人間ならば――」

ジョージは懐《ふところ》から短刀を取り出し、

「死にたい時に、死ぬことが出来る」

自分の喉《のど》に突《つ》き立てた。

「なっ……」

予想だにしないジョージの行動に、クラウスは絶句《ぜっく》する。

「見るがいい」

普通《ふつう》に考えて、喉を裂《さ》くと言葉が出ないはずなのに、ジョージははっきりとそう言った。

「あ、ああ……」

繰《く》り広げられたのは、この世ならざる光景。

血は瞬《また》く間に止まり、破《やぶ》り割《わ》られたはずの傷口《きずぐち》は塞《ふさ》がったのだ。

傷をつけたのが幻《まぼろし》でも何でもない証拠《しょうこ》に、ジョージの持つ短刀には赤々とした血が滴《したた》っている。

「詠唱《えいしょう》を発動させてみるがいい」

短刀を投げ捨《す》てると、ジョージはヨハンに向かってそう言った。

「お前が使える中で一番強力なものだ。何、遠慮《えんりょ》は要らない」

「な……なめやがって、化け物が！」

怒鳴《どな》りながら、ヨハンが杖《つえ》を構《かま》える。

『世を蓋《がい》するは慨嘆《がいたん》の性《せい》、聖魔《せいま》を問わず圧殺《あっさつ》せん！』

「ちょ、ちょっと！」

クラウスは青くなった。

ヨハンが唱えているのは、おそらく『空歪《ホラルク》』。禁十二階詠唱《フォビドゥン》の第二位階である。

第一位階『闇の魔呼《ダークフィアー》』が『多段構成詠唱《クワイア》』であることを考えると、単独《たんどく》で発動できる詠唱としてはほぼ最高級の破壊《はかい》力を持っていることになる。

『空を閉《と》じ殻《から》を塞《ふさ》ぐ！　洞《ほら》を封《ふう》じ原を畳《たた》む！』

ヨハンが詠唱を続ける。

はっきり言って、こんな場所で発動させるのは危険《きけん》である。消え去るのは、ジョージ一人ではすまないかもしれないのだ。

『総《すべ》てを歪《ひず》みの彼方《かなた》へと、くべては拝《おが》み滅《ほろ》ぼさん！　歪羅雄偽《わいらゆうぎ》、倍派空利《ばいはくうり》！』

詠唱を完成させ、ヨハンは杖を振る。

「くっ……」

クラウスは耳を押《お》さえた。人間には聞こえない音域《おんいき》の音が、そこら中に鳴り響《ひび》いたのだ。痛覚《つうかく》としてしか感じられない。

ジョージの姿《すがた》が歪《ゆが》む。正確《せいかく》には、ジョージの周辺の空間が歪んでいるのだが。

『空歪《ホラルク》』——攻撃《こうげき》対象の周辺の空間を局地的に歪《ゆが》ませ、押し潰《つぶ》すという掟《おきて》破りの詠唱が発動したのだ。

ジョージはねじれ、曲がり、遂《つい》にはその姿が消え去った。

「は、はぁ……」

ヨハンが膝《ひざ》を突く。

空間に直接干渉《ちょくせつかんしょう》するという無茶《むちゃ》な詠唱であるが故《ゆえ》に、消耗《しょうもう》する魔力《まりょく》も半端《はんぱ》ではない。クラウスだと急性の魔力減少《ジェイデッド》で即死《そくし》しかねない。

「見事だ。現代《げんだい》の詠唱でもこれほど兇悪《きょうあく》なものがあるのだな」

耳を疑《うたが》った。

「う、うそ、だろ……」

ヨハンが呆然《ぼうぜん》と呟《つぶや》く。

「そこの男、あるいは頭領《とうりょう》を上回る力を持っているのではないか」

ジョージの声が、何もないところから聞こえてくる。

「これでも死ねないとは、我《われ》ながら因果《いんが》な体よ」

徐々《じょじょ》に、足先からジョージの姿が現《あらわ》れる。砂《すな》が積み上がるかのように、ゆっくりと。

「ご苦労だった。死ぬほど苦しかったよ」

自分の冗談《じょうだん》にげらげらと笑うと、ジョージは両手を広げた。

「ご覧《らん》の通り、私は死ねない体になってしまった。経年劣化《けいねんれっか》のない、完全な地獄《じごく》だ。

この千年、私は己《おのれ》の呪《のろ》われた体から自分を解《と》き放つ手段《しゅだん》を研究し続けた。長かった、実に長かったよ」

声には、隠《かく》そうともしていない歓喜《かんき》と達成感が溢《あふ》れている。

「さあ、始めようか。おあつらえ向きに、美しい月が出ているではないか。見るがいい、完全に満ち足りている。私の旅立ちを飾《かざ》るにふさわしい」

空を見上げ、呵々大笑《かかたいしょう》するジョージ。

隙《すき》だらけである。しかし、その隙を突《つ》く自信はクラウスにはなかった。

ジョージのすぐ側《そば》には、あの少年と、更《さら》にもう一人女性が控《ひか》えている。二人とも何を考えているのか判然《はんぜん》としないが、迂闊《うかつ》に近づくことが不可能《ふかのう》なのは間違《まちが》いないだろう。

「ダナ、準備《じゅんび》を」

空を見上げたまま、ジョージが言った。

「かしこまりました」

ダナというらしい女性が、ジョージの側を離《はな》れる。

彼女が向かったのは、屋上の中央辺りに屹立《きつりつ》している柱だった。

トピーアと一度屋上に来た時にも立っていたものだ。この様子だと何かに使われるものらしい。もう少し調べておけばよかったと、今更ながらにクラウスは後悔《こうかい》する。

「『samira mioru』発動のための、最終形態《けいたい》へ移行《いこう》します。第三級の衝撃《しょうげき》が発生することが予想されます。用意を」

外見そのままなほどに淡々《たんたん》とした声でそう告げると、ダナは柱に触《ふ》れた。

ぼうっと、柱が鈍《にぶ》い光を放つ。

光はやがて柱を包み込《こ》み、その輪郭《りんかく》さえも隠してしまった。

その後ゆっくりと天を目指して立ち上り、その後ほどなくして役所自体が激《はげ》しく揺《ゆ》れ出した。

立っていられない。その場に膝《ひざ》をつき、何とかやり過《す》ごす。

「最終形態への移行を完了《かんりょう》。起動のご命令を」

ようやく揺れが収《おさ》まった。ダナがジョージに指示《しじ》を仰《あお》いでいる。

「……あれは」

柱からは光が消え、それまでとは全く違う形へと変化していた。

一言で言うなら、社《やしろ》だろうか。

祠《ほこら》とも神殿《しんでん》ともつかない、神秘《しんぴ》的な建造物《けんぞうぶつ》である。

しかしそんな外観はクラウスにとってどうでもよかった。

「エルリー！」

その社の中央に、金色に輝《かがや》く髪《かみ》を持つ少女が、まるで祀《まつ》られているかのようにいたのである。

「動くのはもう少し待ってもらおう」

そんなジョージの声が聞こえたかと思うと、クラウスの視点《してん》は激しく乱《みだ》れた。

あまりに一瞬《いっしゅん》のことであり、自分が少年に押さえつけられていると気づくまでにもかなりの時間を要した。

「ここからが肝心《かんじん》なのでな」

「く、くそっ……放せ！」

もがくのだが、少年はびくともしない。この小さい体のどこに、そんな力が隠されているのか。

杖《つえ》はもぎ取られ、手の届《とど》かないところまで放《ほう》り捨《す》てられていた。杖無しでは、それこそ寝《ね》ている野良犬《のらいぬ》も驚《おどろ》かせられない。

「ダナ、続けろ」

暴《あば》れるクラウスには興味《きょうみ》も示《しめ》さず、ジョージが指示《しじ》を出す。

「やめろ、何をするつもりだ！」

「見ていれば分かる」

それだけ答えると、ジョージはヨハンを筆頭《ひっとう》としたサビーネの子分達に目を向けた。

「お前達も大人しくしていることだ。その女の命は惜《お》しかろう」

ちらり、と倒《たお》れたままのサビーネを一瞥《いちべつ》し、鼻先で笑う。

「所詮《しょせん》、現代《げんだい》の尺度《しゃくど》でいうところの超《ちょう》一流など恐《おそ》るるに足りんな。グロスコフによくいた書生崩《くず》れでももう少しまともな詠唱《えいしょう》を使ったぞ。……さて」

ジョージは、社の前に立った。

「始めるぞ。我《わ》が宿望、ここに果たさせてもらう」

ジョージの言葉に頷《うなず》くと、ダナは社の横辺りに立った。手を伸《の》ばして、何か操作《そうさ》している。

「やめろ、やめるんだ！」

絶望《ぜつぼう》的に、よくないことが起こりそうな気がする。今ここで阻止《そし》しないと、取り返しのつかないことになりそうな気がする。

しかし、どうやっても身動きがとれなかった。情《なさ》けなさに、死にたくなる。

「完了。『samira mioru』発動まで、五……四……」

ダナが秒読みを始める。すぐそこで控《ひか》えている悪夢《あくむ》が、一歩一歩近づいてくる。

「二……一……」

ゆっくりと、しかし確実《かくじつ》に。

「零《ゼロ》。第十級の衝撃《しょうげき》。用意を」

——世界そのものが砕《くだ》けたか、と錯覚《さっかく》した。

「はは、はははは！」

決して大袈裟《おおげさ》なたとえではないと思う。

視界が、音が、匂《にお》いが、屋上の床《ゆか》の手触《てざわ》りが、感じる全《すべ》てが一瞬純白《いっしゅんじゅんぱく》に染《そ》め上げられたのだ。

「見ろ、見るがいい、このために私は千年の時を過《す》ごしたのだ！」

ジョージの絶叫《ぜっきょう》に近い声が、途切《とぎ》れ途切れに聞こえてくるばかりである。何が起こっているのかも、ほとんど把握《はあく》できない。

どれくらいの時が経《た》っただろう。ようやく衝撃の全ては去った。

目がちかちかする、耳鳴りはひどい。それでも起き上がろうとしたクラウスだが、またしても床に押しつけられてしまった。

「くっそ……」

首をねじ曲げて見上げると、そこにはまたあの少年がいた。相変わらず凄《すさ》まじい力でもって、クラウスを押さえつけている。

もう一度もがこうとしたところで、ジョージの高笑いが聞こえてきた。

「何を、するつもりだ！」

クラウスの視界に入ってきたのは、それまでの混沌《こんとん》を統一《とういつ》し象徴《しょうちょう》するかのような光景だった。

社はいつの間にか消失していた。社があった場所には、エルリーだけがいた。

背中《せなか》から、美しくも禍々《まがまが》しい翼《つばさ》が生えている。『魔転《イーヴライズド》』を起こしているのだろう。

エルリーの体は、その羽で浮遊《ふゆう》しているかのごとく、中空にあった。

『mo-lo,qonteis』

ジョージが詠唱する。

『wo-ra,kosunra』

闇魔術《やみまじゆつ》であり、単語の意味は理解《りかい》できない。しかし、何かよくないことが起きるということだけはクラウスにも簡単《かんたん》に分かった。

『am,em,om』

詠唱を完成させると、ジョージは両手を広げエルリーに近づく。

「離《はな》れろ、エルリーに近寄るな！」

ジョージはエルリーの翼に手をかけた。魔力の塊《かたまり》である銀《シルバーウイング》翼に迂闊《うかつ》に触ると危険《きけん》なはずなのだが、ジョージにためらう素振《そぶ》りは見られない。

「むううう」

噛《か》み殺した呻《うめ》き声がジョージの口から漏《も》れる。

ジョージの手からは、白い煙《けむり》が噴《ふ》き上がっていた。剝《む》き出しの魔力に直接触《ちよくせつふ》れることにより、火傷《やけど》に近い苦痛《くつう》が彼を苛《さいな》んでいるはずである。

しかし、ジョージは翼から手を離そうとしなかった。

その手は、遠目に見ても分かるほどに焼けただれているにもかかわらず、離そうとしなかった。

「あ、あ……」

そして、我《わ》が目を疑《うたが》うようなことが起こった。

「これが……終わらせるための、力だ！」

エルリーの翼が、もぎ取られたのだ。

神秘《しんぴ》の象徴を失い、床へどさりと投げ出される。

「何てことを！」

あの翼を形作っているのは、全てエルリーの魔力である。それを奪《うば》われるということは、生命力の大半を失ってしまうということにもつながりかねない。

「見るがいい。この美しさこそ、破滅《はめつ》を表したこの輝《かがや》きこそ、我が千年の生を締《し》めくくるにふさわしい」

恍惚《こうこつ》とした表情《ひょうじょう》で、訳《わけ》の分からないことを言うジョージ。

その言葉に返事をするものはいない。クラウスやサビーネ側の人間には理解しがたいことだし、ジョージ側の人間は誰《だれ》一人口を開こうともしないからだ。

「さあ、仕上げと行こう」

翼と、ほとんど溶《と》けてしまっている自分の手を眺《なが》めながら、ジョージはにやりと笑う。

「来い、ハワード」

ジョージの呼《よ》び声に、クラウスを押《お》さえつけていた少年が反応《はんのう》した。ハワードという名前らしい。

ハワードはクラウスを放し、ジョージの隣《となり》まで歩いていった。

そのハワードの背中に、ジョージは翼を植え付ける。

植え付けられた場所から、先程《さきほど》ジョージの手から立ち上っていたのと同じような白煙《はくえん》が立ち上った。

しかし、ハワードは顔色一つ変えない。想像を絶《ぜっ》する痛《いた》みが、その体を貫《つらぬ》いているはずなのに。

「……よし、完成だ」

ジョージがハワードの背中から手を離す。それまでエルリーの背中から生えていたはずの翼が、今はハワードのものとなったのか。

「魔力の移行《いこう》を完了《かんりょう》。作業に必要な全行程《こうてい》が終了しました」

ダナが、まるで報告書《ほうこくしょ》を読み上げるかのような簡潔《かんけつ》さでそう言う。

「最後の鍵言《けんげん》を発動すれば、『woqot marot』は発動します。……お疲《つか》れ様でした」

ジョージの顔に、微《かす》かな驚《おどろ》きが浮《う》かんだ。何に怪訝《けげん》さを感じたのだろうか。

「……ジェシーの時と同じだというのか。不思議なものだ」

それも、一瞬《いっしゅん》のことだった。ジョージはまた元の高揚《こうよう》感と達成感に溢《あふ》れた顔に戻《もど》る。

「まあよい。もう全《すべ》てが終わる。今更《いまさら》考えても詮《せん》無きこと」

ジョージはハワードの頭の上に手を置いた。

「いくぞ。……長かった。実に長かった」

ハワードの頭に手を置いたまま、ジョージは詠唱《えいしょう》を始める。

『nasl,sals,zxos』

不気味なくらい、落ち着いた詠唱ぶりだった。あたかも、悟《さと》りを開いたかのような。

『woqot marot』

詠唱の文は短く、あっさり完成した。

一体何の効果《こうか》があるのか。しかしそのことは後回しである。

じりじりと、少しずつクラウスはエルリーの側《そば》へと移動を始める。ジョージはもはやエルリーに興味《きょうみ》がないようだし、ダナとハワードは突《つ》っ立ったまま。エルリーを助け出すには千載一遇《せんざいいちぐう》の好機である。

作戦を立てる。ある程度の距離《きょり》まで移動したら、目くらましに『招風詠唱《ストームウインド》』辺りを発動し、一瞬の隙《すき》を突いてエルリーを抱《かか》えて逃《に》げる。

万が一上手《うま》くいったとしても、張《は》られている結界が厄介《やっかい》である。何とか外の王国詠唱士達と連絡《れんらく》を取り、内外で一斉《いっせい》に攻撃《こうげき》すれば破壊《はかい》できるか――

「案ずることはない。結界の効果ならじきに切れる」

そんなクラウスの考えを読んだかのように、ジョージが言った。

「なっ……」

心臓《しんぞう》が止まりそうになる。

「そう驚くな。私でも今のお前と同じ立場ならそう考える」

ジョージの笑顔《えがお》は、この場に似《に》つかわしくないことに、とても清々《すがすが》しかった。

「逃げたいのなら、逃げればいい」

そんなジョージの側に、いつの間にかダナが寄《よ》り添《そ》っていた。

相変わらずの無表情であり、恋人《こいびと》同士と言えそうなほどの距離の近さにもかかわらず、あらゆる種類の甘《あま》い雰囲気《ふんいき》とは疎遠《そえん》に見える。

しかし、ダナはジョージの隣《となり》にいた。まるで、そこにいるのが自分の望みだと言うかのように。

「逃げ切れるのならな」

『御名《みな》は風神オリヴィウス、其《そ》は吹《ふ》きすさぶ天空の使者、すなわち疾《はや》き蒼穹《そうきゅう》の覇者《はしゃ》！』

ほとんど恐慌《きょうこう》をきたしながら、クラウスは詠唱した。

『眩《まばゆ》きその所作その力――』

しかし、詠唱を完成させる前に、ジョージがすっとクラウスに指を突きつけてきた。

「うぐっ……!?」

突如《とつじょ》として、詠唱が出来なくなる。

「こ、これは……」

「詠唱のみを封《ふう》じた。魔力《まりょく》を単語に載《の》せて組み合わせようとすると鍵《かぎ》がかかる、と考えると分かりやすいぞ」

生徒に教えるような口振《くちぶ》りで、ジョージが言う。

「お前の詠唱は少々他と異《こと》なる。力で押さえ込《こ》みきれないものを使うからな。封じておくに越《こ》したことはない」

『いざ、わが……』

それでも強引《ごういん》に詠唱《えいしょう》しようとする。

「げはっ」

突然、叫《さけ》びすぎた後のように喉《のど》がひりついた。

「無理をしないことだ。声を失うことになるぞ」

ジョージの言葉に、クラウスは凍《こお》り付く。

「ものが言えなくなるということが詠唱士にとってどういうことか、分からないわけではあるまい」

それはすなわち、詠唱が使えなくなるということだ。詠唱士としては、死んだに等しい。

クラウスはその場で動けなくなった。詠唱が使えなくては、ジョージを止めることなど不可能《ふかのう》だ。

「……さて、これで邪魔《じゃま》もいなくなった」

満足そうなジョージの声に導《みちび》かれ。

異変《いへん》が、起こった。

「終演《しゅうえん》の、開幕《かいまく》といこう」

ハワードが、翼《つばさ》をはためかせ空を飛んだのだ。

現実《げんじつ》を遥《はる》かに逸脱《いつだつ》した光景だった。人が、翼を生やし、空を飛ぶ。どこか冒瀆《ぼうとく》的でさえあった。造物《ぞうぶつ》の理《ことわり》を無視《むし》した、超常《ちょうじょう》的な存在《そんざい》。

しばらく、何かを確《たし》かめるかのように屋上の上を旋回《せんかい》すると、ハワードはジョージの真上で動きを止めた。

ジョージは何も言わない。ハワードを見ることさえしない。目を閉《と》じ、ひたすらに何かを待っている。

その何かは、あっという間に訪《おとず》れた。

ハワードが両手の平をジョージに向けるように突き出し、そこから真っ赤な色をした光がジョージとダナに向かって降《ふ》り注いだのだ。

二人の姿《すがた》が、光に飲み込まれる。

耳を打ち砕《くだ》くかのような、轟音《ごうおん》。

言葉を発することも叶《かな》わなかった。恐怖《きょうふ》を感じる余裕《よゆう》さえもなかった。

――光が消えた後には、何も残っていなかった。

ジョージの姿も、ダナの姿も。

「何が、どうなってるんだ……」

全くもう、訳《わけ》が分からない。それまでジョージに従順《じゅうじゅん》だったハワードが、突如《とつじょ》として主《あるじ》に牙《きば》を剝《む》いたのだ。

いや、真に驚愕《きょうがく》すべきは他にある。

「待てよ、あの光、何なんだ」

ヨハンが、震《ふる》える声で言う。

そう、あの光の正体である。

人間が単独《たんどく》で発動しうる詠唱の中では最高峰《さいこうほう》に位置する破壊《はかい》力を誇《ほこ》る『空歪《ホラルク》』を受けてなお甦《よみがえ》ったジョージの姿が、完全に消え去っているのだ。

「ヨハンさん、逃《に》げましょう」

子分の一人がそう提案《ていあん》した。

「あのガキはヤバい。詠唱がどうこうってのはあっしには分かりませんが、あのガキが常識《じょうしき》外れにマズいものだってことぐらいは感じます」

「そ、そうだな。よしブランドン、サビーネさんを担《かつ》いでくれ。とんずらするぞ。あの男の言うとおりなら、そろそろ結界も――」

「無闇《むやみ》に動くでない！」

ひどく懐《なつ》かしい、そんな声がクラウスの耳に飛び込んできた。

「ハワードの的《まと》になるぞ！」

「エルリー……！」

それまで、何をされてもぴくりともしなかったエルリーが、いつの間にか自分の足で立っている。

「今のハワードは、全《すべ》てを破壊するまで止まらぬ。迂闊《うかつ》な行動は、そのまま死に繋《つな》がるぞ」

「大丈夫《だいじょうぶ》、なの？」

「うむ。問題ない」

エルリーの動きは、とても魔力《まりょく》の大半を奪《うば》われた人間のものではなかった。

「それじゃ、まあ……」

とりあえず、上着を脱《ぬ》いで投げる。

「……クラウス、お主」

上着を羽織《はお》りながら、エルリーが冷たい声で話しかけてくる。

「まさかとは思うが、見てはおらんだろうな」

筒《つつ》の中にいた頃《ころ》からエルリーは服を着ていなかったわけで、そのまあ何というか、全て見えてしまっていた。

「もちろんさ！」

しかしその事実を直接《ちょくせつ》告げるのはかなり危険《きけん》である。どんな目に遭《あ》わされるか分かったものではない。

「よく分かった。お主後で覚えているがよい」

これっぽっちも隠《かく》せていなかったらしい。空を飛んでいるハワードより恐《おそ》ろしいかもしれない。

——ふとクラウスはくすぐったいような懐かしいような不思議な感覚に襲《おそ》われた。

こうしてエルリーとやり取りするのが、随分《ずいぶん》久しぶりな気がする。

エルリーも同じことを考えていたらしい。視線《しせん》がまともにぶつかり、どちらからともなく気恥《きに》ずかしさから目を逸《そ》らしあう。

「……再会《さいかい》を喜ぶのは後だ。今は、ハワードを止めることを考えるぞ」

上着の釦《ボタン》をかけながら、エルリーが言う。

「何がどうなってるのか、さっぱりなんだ」

「闇魔術《やみまじゆつ》には、『woqot marot』という詠唱《えいしょう》がある。魔製人形《パペット》に外部からの魔力を注ぎ込んで強化することにより完全な破壊兵器として運用するものだ。詠唱そのものは理論《りろん》上可《か》能《のう》なものとしてわしの家系《かけい》に伝えられておったが、発動されたことはなかった」

ふと、エルリーが遠い目をする。——あるいは、千年前を見ているのか。

「それを史上初めて発動したのが、奴《やつ》——ジョージ・カロドナーだった。結果は、以前にも話したとおり大失敗に終わり、当時わしらが暮《く》らしていたヴァイカート帝国《ていこく》の帝都グロスコフは一夜にして消滅《しょうめつ》した。文字通り、跡形《あとかた》もなくな」

遠い昔、業火《ごうか》に包まれる都市を幻視《げんし》する。あのハワードと同等の破壊力が猛威《もうい》を振《ふ》るったとすれば、ひとたまりもなかったに違《ちが》いない。

「しかし、ジョージだけは生き残った。『woqot marot』の思わぬ副作用で、死ぬことの出来ない体となったのだ」

エルリーが体を震わせる。寒さからか、あるいはジョージの身に降《ふ》りかかった恐《おそ》ろしい事態《じたい》に思いを至《いた》らせたせいか。

「初めのうちは不死身ということに酔《よ》いしれたのかもしれぬ。しかし、歳月《さいげつ》を経《へ》ることにより、奴はおそらく絶望《ぜつぼう》した。終わりのない生とは、すなわち終わりのない拷問《ごうもん》と同意義だからな。

奴は、自分を殺すべく研究を重ねた。そして行き着いた結論は、『woqot marot』の完全な形での発動」

エルリーはハワードを見上げた。ハワードは、中空で翼《つばさ》をはためかせ、クラウス達をただ見下ろしている。

「千年前に足りなかったのは、高い出力と大量の魔力。そして、より完成された魔製人形《パペット》だったろう」

唇《くちびる》を噛《か》みながら、エルリーが続ける。

「わしはいずれにも手を貸《か》してしまった。悔《く》やんでも、悔やみきれぬ」

「…………」

クラウスは押《お》し黙《だま》る。どんな慰《なぐさ》めの言葉も、陳腐《ちんぷ》で心には届《とど》かないものになりそうだった。

「こうして争いを起こさせたのも、おそらくは詠唱の飛び交《か》う環境《かんきょう》を作るためだ。そうして複数《ふくすう》の人間の魔力を大量に発生させた上で、先程《さきほど》まであった魔集針《ニードルフィースト》で集め、わしの体に流し込《こ》んだ。この建物を魔法陣《じん》になぞらえてあるのも、そのためだな。その上で『魔転《イーヴライズド》』を発生させ、銀翼《シルバーウイング》の部分を奪《うば》い取りハワードに与《あた》えるという形で魔力の移動《いどう》を完成させたのだ。これがわしが動けているわけでもある。あの銀翼《シルバーウイング》は厳密《げんみつ》に言うとほとんどわしの魔力ではない」

「回りくどい方法だな……」

心の底からほっとする。つまり、エルリーは無事だということだから。

「仕方のないことだ。魔製人形《パペット》に長時間に亘《わた》って高出力の魔力を流し込むと、どんな効果《こうか》が起きるか分からん。それよりは、わしを受け皿にしてから『魔転《イーヴライズド》』を橋渡《はしわた》しに用いて魔力の移動を行った方がずっと安全だ」

そこまで話してから、エルリーは目を伏《ふ》せた。

「本当なら、ハワードが完成する前にジョージの作業を妨害《ぼうがい》するつもりだった。だが、ジョージの作り上げていた仕掛《しか》けは想像《そうぞう》よりも遥《はる》かに高度なもので、遂《つい》に破《やぶ》れなかった。『woqot marot』は確《たし》かに成功した。ジョージの命令をハワードは聞いていたからな。しかし、命令すべき主《あるじ》を失い再《ふたた》びハワードは暴走《ぼうそう》してしまった。もう、どうすることも……」

「大丈夫《だいじょうぶ》だよ」

悄然《しょうぜん》としたエルリーの肩《かた》を、クラウスはそっと抱《だ》く。

「あっ……」

「要するに、あれを止めればいいんだろう」

天空を悠然《ゆうぜん》と駆《か》け始めたハワードに目を向ける。

「力を合わせれば、きっと何とかなるさ」

根拠《こんきょ》などあるわけがない。しかしクラウスはそう約束した。エルリーを、どうしても勇気づけたかったのだ。

「……ありがとう。そうだな、頑張《がんば》ろう」

頷《うなず》くと、エルリーはヨハン達に顔を向けた。

「お主達、死にたくなければ協力するがよい。座《ざ》して終わりを待つよりはずっとよいだろう」

「協力って、言っても……」

ヨハンが、気弱そうに目を逸《そ》らす。非現実的《ひげんじつ》な出来事の連続に、すっかり気持ちが折れてしまっているのだろう。

「つべこべ言うでない。やらねば死ぬだけのことだ」

「……わ、分かったっ。ちくしょう、こうなりゃヤケだぞ」

ヨハンが立ち上がり、杖《つえ》を構《かま》える。消耗《しょうもう》した魔力《まりょく》はかなりの量なはずだが、弱音はもう口にしないようだ。

「ヨハンさんがやるなら、俺《おれ》達も手伝いますぜ」

子分達が、後に続く。詠唱《えいしょう》に関しての知識《ちしき》がない分、クラウスやヨハン以上の恐怖《きょうふ》を感じているはずだが、いずれも覚悟《かくご》を決めたような堂々とした面持《おもも》ちである。

「千年前の闇魔術《やみまじゅつ》、か。まさかそんなものにお目にかかれるとはな」

「詠唱士冥利《みょうり》に尽《つ》きるじゃあないですか」

いつの間にか、倒《たお》れていたはずのシャーリーとトピーアもクラウス達の近くに現《あらわ》れた。

「二人とも、怪我《けが》は……？」

「わたしがいる限《かぎ》り、痛《いた》い思いをしてもまた立ち上がれますっ」

レミーンが二人の後ろから誇《ほこ》らしげに言った。

「……思っていたよりも、仲間が多くなったな」

なぜか恥《は》ずかしそうにそう言うと、エルリーはクラウス達に向き直った。

「防壁《ぼうへき》を張《は》れ。詠唱を使えるもの全員でやるのだ。言葉を知っているものは全員、気休めでも何でもいっこうに構わぬ。防壁が完成したら、すかさず全力でハワードを攻撃《こうげき》しろ」

「了解《りょうかい》っ」

「ここは、エルリーさんの指示《しじ》に従《したが》いますね」

「一段落《ひとだんらく》ついたら、千年前の詠唱についてご講義《こうぎ》願いたいものだな」

口々に、その場にいる人間が——つまり、エルリーとクラウスの仲間達が返事をしてくる。

「よし、任《まか》せたぞ」

言うなり、エルリーは駆けだした。

「さあ来いハワード、相手をしてやろう！」

ハワードがそれに反応《はんのう》する。翼《つばさ》を翻《ひるがえ》し、エルリーの動きを追いかけ始めた。

トピーアが、ヨハンが、シャーリーが、口々に防性《ぼうせい》詠唱を詠唱し始める。

『群雲焦《むらくもこ》がす怒《いか》りの焔《ほのお》、滅《ほろ》びにまろぶ愚《おろ》かな者に、等しく裁《さば》きとその断罪《だんざい》を！　紅炎激落《こうえんげきらく》、猛厳疫爆《もうげんえきばく》！』

防壁が完成するやいなや、シャーリーが『灼焔の青嵐《ファイヤーウインド》』を発動し、猛《たけ》り狂《くる》う炎《ほのお》を杖から迸《ほとばし》らせる。

エルリーを追い回すことに躍起《やっき》だったハワードは、すんでのところでシャーリーの炎をかわした。

そこに、ヨハンがトピーアの助けを受けて巻《ま》き起こした雷撃《らいげき》が激突《げきとつ》する。

閃光《せんこう》。一瞬《いっしゅん》視界《かい》が白く染《そ》め上げられる。

「や、やったか？」

額《ひたい》の上に手を当てながら、ヨハンが言う。

「油断《ゆだん》するな！」

エルリーの叱責《しっせき》が飛び、それと同時に防壁に衝撃《しょうげき》が走った。

「うわああ⁉」

何重もの防壁が、一瞬にして消し飛ぶ。

「おのれっ！」

時間を稼《かせ》ぐかのように、エルリーが魔力解放《かいほう》でハワードを牽制《けんせい》した。

「張り直すんだ！」

した。

シャーリーの指示で、トピーア達が再《ふたた》び防壁を張る。

防壁に戸惑《とまど》ったか、ハワードが少し動きを止めた。

その隙《すき》を見逃《みのが》さず、エルリーが再度《さいど》魔力を叩《たた》きつける。狙《ねら》いは外れず、ハワードに直撃した。

ハワードの高度が下がる。飛んでいることが難《むずか》しくなったのか。

いけるか。そんな油断が、クラウスだけでなく、おそらく全員の心を一瞬よぎった。

致命《ちめい》的な、油断である。

「いかん……っ！」

クラウス達の前に飛び出してきたエルリーに、ハワードの放った光がぶつかる。

「下がれっ！」

「エルリー!?」

その小さい体で、エルリーはハワードの光をまともに受け止めた。

「ぬううう」

ジョージのように飲み込まれることはない。見事に、耐《た》えきったのだ。

ハワードは驚《おどろ》いた様子も見せず、第二撃を放ってきた。

再び受け止めるエルリー。そのエルリーと光が激突する衝撃で、他の人間は吹《ふ》き飛ばさ

れる。

「これしきの、ことで……っ！」

しかし、エルリーは一人踏《ふ》み止《とど》まっていた。己《おのれ》の業《わざ》に、真正面から立ち向かうかのように。

再び、エルリーの背中《せなか》に翼が生まれる。『魔転《イーヴライズド》』だ。

一旦《いったん》発動すれば魔力《まりょく》を奪《うば》い続ける『魔転《イーヴライズド》』だが、それと引き換《か》えに魔力の出力を一時的に増加させることも可能《かのう》である。この場合に限《かぎ》っては、有効《ゆうこう》と言えなくもないかもしれない。

光を受け止める手を、エルリーは前に伸《の》ばした。

徐々《じょじょ》に、光が押《お》し返される。不死身のジョージを消し去るような破壊《はかい》力の光を、エルリーは自分の力だけで受けきっている。

ゆっくりと、だが確実《かくじつ》に、光はハワードのもとへと戻《もど》っていく。

「頑張《がんば》れ、頑張るんだエルリー！」

そんな言葉が、クラウスの喉《のど》から迸った。

「くうっ」

エルリーが片膝《かたひざ》をつく。限界《げんかい》が、近いのか。

「しっかりなさい」

あわやという時、そんな声が聞こえたかと思うと、黒い蛇《へび》の形をした霧《きり》がハワードの体に巻き付いた。

「『禍蛇の葬送《スネイクバイト》』……ってことは、サビーネさん！」

ヨハンが喜びの声を上げる。

「気がついたんですかっ」

「当たり前じゃない。このわたしがあんなガキにやられるわけがないって話よ」

「あの――……わたしが、治癒《ちゆ》したのは……」

「黙《だま》らっしゃい」

何か不満を口にするレミーンにぴしゃりとそう言うと、サビーネはハワードに杖《つえ》を向けた。

「そうそう好きに出来ると思わない方がいいわよ」

黒の蛇が、ハワードを締《し》め上げる。

「ほら、何をぼやぼやしているの！」

サビーネの叱咤《しった》に、エルリーが顔を上げた。

「このおおお！」

そして叫《さけ》ぶ。ふわりと、美しい髪《かみ》が逆巻《さかま》いた。

光を更《さら》に押し込《こ》み、これが最後と言わんばかりに両手を広げる。

凄《すさ》まじい轟音《ごうおん》と共に、ハワードが吹き飛ばされきりもみしていく。

地面へと落下するハワード。大きく何度も地面を跳《は》ね、遂《つい》に動かなくなった。

「終わった……のか？」

ヨハンが、おそるおそる呟《つぶや》く。

「くう……」

エルリーはその場に膝を突《つ》いた。

「エルリー！」

駆《か》け寄《よ》るクラウスに、エルリーは笑って見せた。

「どうだ……守ってもらってばかりでは、なかったぞ」

「うん、偉《えら》いよ。よくやった」

すっと、自然な動きで、エルリーの背中を支《ささ》える。

「ふふ……」

エルリーが、そっと目を閉《と》じる。

「お二人さん、いい雰囲気《ふんいき》になるのはまだ早いわよ」

サビーネが、舌打《したう》ちをしながらそう言った。

「終わってない」

その声には、はっきりと狼狽《ろうばい》が見て取れる。

「まさか……」

ハワードが、再《ふたた》び起き上がっていた。

「おの、れ」

エルリーが、よろよろと立ち上がろうとする。

「……大丈夫《だいじょうぶ》。ここは俺に任《まか》せるといい」

そんなエルリーを強引《ごういん》に座《すわ》らせると、クラウスはその前に立った。

「何を言う。お主はジョージに詠唱《えいしょう》を封《ふう》じられていたではないか。どうやってハワードと
……」

『その身を我《われ》は与《あた》えんとす』

エルリーの言葉を無視《むし》し、クラウスは詠唱を始める。

「やめろ、やめるのだ！」

エルリーがしがみついてくる。

その頭に、クラウスは手を置く。

「えっ……」

戸惑《とまど》いを見せるエルリー。

何も言わず、クラウスはその目を覗《のぞ》き込んだ。

「む、むぅ」

頬《ほお》を赤らめて、エルリーは目を伏せた。

伝わった、ということなのだろう。

『その光を我は称《たた》えんとす』

詠唱を再開《さいかい》する。

声が潰《つぶ》れるならそれでも構《かま》わなかった。ここで、守るべき人も守れない魔力《まりょく》なら、初めから必要ない。

「何ぼやぼやしてるのよあんたたち！　そいつを援護《えんご》するわよ！」

サビーネが怒鳴《どな》り、詠唱を始めた。

「は、はいっ」

ヨハンや、トピーア達がそれに続く。

嬉《うれ》しかった。つまりこれは、彼女たちがクラウスを信頼《しんらい》して任せてくれたということだ。

動き出そうとするハワードに、攻性《こうせい》詠唱が降《ふ》り注ぐ。

いずれも、めざましい効果《こうか》を上げているわけではないようだが、足止めとしては十二分にその役目を果たしている。

『その明かりを我は与えんとす』

詠唱を続けながら、空を見上げる。

戦《いくさ》の残響音《ざんきようおん》もほとんど消えた、嘘《うそ》くさいくらいに穏《おだ》やかな夜空だ。

中心に、白い月があった。いつか、どこかで見たのと同じ、丸い円を描《えが》いている――満月。

『カグヤの慈愛《じあい》、天空の遺愛《いあい》』

そんな月の光を、己《おのれ》の中に取り込むという心象。

『儚《はかな》き加護《かご》はまたなき愛護、揺《ゆ》らめく反故《ほご》は煌《きら》めく統語《とうご》』

ハワードの攻撃《こうげき》は、突《つ》き詰めたところ魔力解放《かいほう》と同義《どうぎ》であり、詠唱の効果をなくすという以前の自作詠唱では止められない。

しかし、この詠唱ならば、ハワードを無力化することも可能《かのう》かもしれない。

『憎《にく》しみを慈《いつく》しみ、苦しみをみな許《ゆる》さん』

傷《きず》を無理矢理《むりやり》に治したときの苦痛《くつう》が生み出した幻覚《げんかく》、その向こう側に見えた言葉の列。

あの閃《ひらめ》きに、全《すべ》てを賭《か》ける。

声が今にも潰れてしまいそうだ。首を絞《し》められたまま詠唱《えいしょう》している、と表現《ひょうげん》すると近い。

だが挫《くじ》けるわけにはいかない。決して、後には引かない。

『救いと佑《たす》けの現《あらわ》れに、我《われ》の心思《しんし》は洗われる。真摯《しんし》な声に傾聴《けいちょう》を、敬重《けいちょう》の祈《いの》りを永長に。

月音流来《げつおんりゅうらい》、切音封拝《せつおんふうはい》』

鍵言《けんげん》を加え、杖《つえ》を構えた。

月の光が、その輝《かがや》きを増《ま》した。そんな錯覚《さっかく》がクラウスの頭をよぎる。

『月音《ムーンソロウ》』。月呪《ムーンスペル》を更《さら》に改良した、クラウス渾身《こんしん》の自作詠唱である。

サビーネ達の攻撃《こうげき》がやんだ。

「また、とんでもない詠唱ね……」

——否《いな》、止めざるを得なくなったのだ。

「詠唱の完全無効化の次は、魔力の絶対《ぜったい》的中和なんて。さすがのわたしも驚《おどろ》いたわ」

サビーネが肩《かた》を竦《すく》める。

「掟破《おきてやぶ》りね。そういうことを思いつく時点で」

それまで轟々《ごうごう》とした魔力が飛び交《か》っていた屋上が、嘘のように鎮《しず》まり返り始める。

攻撃も防御《ぼうぎょ》もない、静かで落ち着いた魔力のみがそこに漂《ただよ》う。

全てが一つになるような感覚。ただ穏やかに、柔和《にゅうわ》に、時間がその流れを緩《ゆる》やかにしていく。

「結界が、消えていくな」

遠くに目をやりながら、シャーリーが言う。

「いかに強力な結界といえど、その魔力の指向性自体が零《ゼロ》になればただの魔力の層《そう》になる、ということか」

そんな空気にただ一人弾《はじ》かれている者がいた——ハワードである。

表情《ひょうじょう》に出すことなく、ハワードは苦しんでいた。体を丸め、その場に突《つ》っ伏《ぷ》す。

ここまでの効果が出るとは、クラウスにしても予想外だった。なぜ、あれほどまでに弱っているのか。

ハワードの翼《つばさ》が、ゆっくりとその輝きを弱めていく。

「ハワードは、魔製人形《パペット》なのだ」

エルリーが言う。彼女の翼も、同じように色褪《あ》せていた。

「陰性《いんせい》の魔力が動力源《げん》となっている」

「なるほど、そういうことか」

ヨハンが頷《うなず》く。

「どういうことですか、ヨハンさん」

子分の一人に、ヨハンは説明を始めた。

「負の力で動いていたんだから、その負の力が中性のものになれば、何も出来なくなるということだな」

「熱いスープが冷めてぬるくなるとまずくなるようなものでしょうか」

「だな。いいたとえだ。……ただ叩《たた》き潰《つぶ》すことしか考えてなかったけど、こういうやり方もあるのか」

「見てください、翼が」

トピーアがハワードを指さす。

ハワードの翼——千年の時を経《へ》た因縁《いんねん》の象徴《しょうちょう》が、ついにその姿《すがた》を消した。

そこに残ったのは、一人の少年——否、少年を模《も》した、それ以外の何か。

「けりを……つけねば、な」

エルリーが立ち上がった。ふらふらとした足取りで、ハワードの側《そば》へと歩み寄《よ》っていく。

「エルリー、何、を」

呼《よ》び止めようとしたが、声が続かなかった。

ほんの僅《わず》かな間とはいえ、尋常《じんじょう》ではない出力の魔力《まりょく》を使用したのだ。元々の基礎《きそ》魔力が低いクラウスには、耐《た》え難《がた》い苦痛《くつう》となった。

「…………」

まいったな、と呟《つぶや》こうとしたが、今度は話すことも出来ない。

ああ。クラウスは理解する。無理をしたせいで、言葉を失ってしまったのだ。

不思議《ふしぎ》と、絶望《ぜつぼう》も喪失感《そうしつかん》もなかった。後から来るものなのかも知れないが、今は守れたという事実だけで満足だった。

どう、とその場に倒《たお》れ込む。

「クラウスさんっ！」

トピーアが駆《か》け寄ってきた。

「レミーンさん、クラウスさんの魔力の流れを回復できますか？」

トピーアも魔力が低いのでクラウスの苦痛がよく分かるのだろう、かなり気遣《きづか》わしげである。

「治癒《ちゆ》してあげたいですけど、まだ詠唱の効果《こうか》が……」

困《こま》り果てたようにレミーンが言う。

治癒詠唱は、ハワードの動力などとは正反対の方向性の魔力を使用する詠唱だが、やはり中和されてしまって効果を発揮《はっき》できないということなのだろう。

「落ち着くのを待つしか……」

そんなレミーンの言葉に逆《さか》らうように、クラウスは立ち上がった。

「ちょっと、クラウスさん、無理しちゃ」

「大丈夫《だいじょうぶ》、大丈夫だから」

半《なか》ば自分に言い聞かせるようにそう告げると、エルリーの後を追う。

エルリーが何をしようとしているかは見当がつく。一人にしておく訳《わけ》にはいかない。

「クラウス、さん……」

トピーアが、ひどく哀《かな》しそうな顔をした。突然《とつぜん》どうしたのかと怪訝《けげん》に思ったが、

「ええ、分かりました。行ってください」

そう微笑《ほほえ》まれてしまってはどうしようもない。トピーアをそのままにして、クラウスは再《ふたた》び歩き出した。

エルリーが、ハワードの隣《となり》に座《すわ》り込《こ》むのが見える。何事か話しかけているようだが、その意味はクラウスには分からない。当時の言語で、話しかけているのだろう。

その隣に、クラウスも腰《こし》を下ろした。

「……今、謝《あやま》っておったのだ」

ぽつりと、エルリーがそう呟く。

「こんな歪《ゆが》んだ存在《そんざい》を生み出した責任《せきにん》の一端《いったん》は、間違《まち》いなくわしにある」

小さな肩《かた》を、少し震《ふる》わせながら。

その肩に、もう一度クラウスは手を回す。

言葉が出せないから、せめて行動で気持ちを伝えようと。

「……ありがとう」

伝わったのだろうか。エルリーは満足げにそう言った。

そして、ハワードに手を伸《の》ばす。

ハワードは動かない。

その瞼《まぶた》を、エルリーはゆっくりと閉《と》じる。

次の瞬間《しゅんかん》、ハワードの姿はまるで幻《まぼろし》のようにかき消えた。

後に、何も残さず。初めから、存在していなかったかのように。

「……これで、終わりか」

そう答えると、エルリーもその瞳《ひとみ》を閉じた。

クラウスの体に、重みがかかってくる。

「いや、まだやるべきことがある」

目を閉じたままで、エルリーが言う。

「クラウスが全てを代償《だいしょう》にして守ってくれたのなら、わしも遠慮《えんりょ》することはない」

エルリーが、クラウスの喉元《のどもと》に手を当ててきた。

「…………?」

その指先から、光の粒《つぶ》が漏《も》れ出す。

「そんな、これは……!」

暖《あたた》かく、穏《おだ》やかな光。エルリーの魔力《まりょく》だ。

「エルリー、一体何を」

言ってから気づく。声が、出せるようになっている。

「話せる、なんで……?」

「これでも人生の半分以上が闇魔術の研究で出来ているのだ。治し方など手に取るように分かる」

誇《ほこ》らしげにそういうなり、エルリーは力なくむせた。

その咳《せき》とともに、エルリーの体から光の粒がこぼれ落ちた。

きらきらと、まぶしく。粒は、とめどなく宙に舞う。

「これは、まさか!」

「そのまさか、だ」

他人事《ひとごと》のように、エルリーが笑う。

「参ったな、どころの話じゃないだろ！」

これはつまり、魔力減少《ジェイデッド》を起こしているということだ。

いかに外部からの力を一時的に体内に入れていたとはいえ、この症状《しょうじょう》が発生してしまったら安全とは到底《とうてい》言えない。

おそらくは、クラウスの喉を癒《いや》したことが引き金になり、魔力減少《ジェイデッド》を引き起こしたのだろう。

「エルリー、気を確《たし》かに！　しっかりするんだ！」

体を揺《ゆ》さぶる。

「クラウス、話したいことが、ある」

苦しそうな息の下から、エルリーが何か言おうとする。

「聞こえる、か？」

「ああ、聞こえてる。聞こえてるさ」

そんなことも、分からなくなってしまっているのか。

以前にも一度『魔転《イーヴライズド》』を起こしているところを見たが、その時よりもずっと状態《じょうたい》は悪そうである。

クラウスの胸《むね》の中で、不安が急激《きゅうげき》に成長していく。

「色々、世話になった。本当に、ありがとう」

「何を、言ってるんだよ」

これではまるで、今生の別れではないか。

「楽しかった。もしかしたら、わしは、お主と会うために千年の時を過《す》ごしたのかもしれぬ」

「弱気になるなよ！　これからも一緒《いっしょ》にいようよ。楽しく過ごそうよ。な？」

クラウスの励《はげ》ましに、エルリーは答えなかった。あるいはもう、クラウスの言葉が聞こえていないのかもしれない。

「お主なら、きっと、夢を叶《かな》えられる。期待、しているぞ……」

エルリーが、弱々しくむせる。

「おう、叶えてみせるさ。だから、だから、しっかりしてくれよ……！」

「次の試験は、まだか。今からでも遅《おそ》くない、追い込みを、するのだぞ」

会話が成り立たない。やはり、クラウスの言葉は聞こえていなかったようだ。

「ああ、クラウス、どうしてもこれだけは」

エルリーが、中空に手を伸ばす。指先が彷徨《さまよ》っている、クラウスを探《さが》しているのか。

「言ってくれよ。何でも、聞くよ」

その指を掴《つか》み、自分の頬《ほお》に触《ふ》れさせる。

「ああ……」

エルリーの表情《ひょうじょう》が、嬉《うれ》しそうに和《やわ》らぐ。

「クラウスは、温《あたた》かい、な」

その呟《つぶや》きに、胸が締《し》め付けられる。失いたくない、そう心から強く思う。

「そんな温かい、クラウスが」

エルリーのか細い声が、耳をくすぐる。

他の人の声も、未《いま》だ遠くで繰《く》り広げられている戦闘《せんとう》の雑音《ざつおん》も、何もかもが聞こえなくなっていた。エルリーしか、ここにはいなかった。

「そんな、クラウスが、わしは——大好きだ」

その言葉と同時に、エルリーの体から、あらゆる力が消え失《う》せた。

終章　歩みたいと願《ねが》う道　The Way I Wanna Go (Reprise)

この『ハンネマン』という名前のパブは、昼間ほとんど客が訪《おとず》れない。開店休業と大差ないのだ。というわけで、その日も店内には一人しか客がいなかった。

しかし、これは大体どこのパブでも見られる光景である。普通《ふつう》、パブとは仕事が終わってから一日の疲《つか》れを癒《いや》すために訪れる場所であり、日が暮《く》れる前から店にやってくるのはごく僅《わず》かな常連《じようれん》くらいと決まっているからだ。そう、例えば、詠唱士《えいしようし》試験を翌日《よくじつ》に控《ひか》えた詠唱士志望《しぼうしや》者とか。


「先生、エルガをお持ちしました」

「お、ありがとう」

「わたくしが淹《い》れましたのよ」

「すごいじゃないかー。どれどれ……」

「いかがですか？」

「……うん。個性《こせい》的だね。そうだな、次は一般《いっぱん》的で普遍《ふへん》的な味を狙《ねら》うのも悪くないと思うよ」

小刻《こきざ》みに痙攣《けいれん》する手を隠《かく》しつつ、クラウスはエルガをテーブルの上に置いた。

「お褒《ほ》めに与《あずか》り恐縮《きょうしゅく》ですわ」

クラウスの側《そば》に立っている少女が、おしゃまな素振《そぶ》りで一礼して見せた。

もちろん誉《ほ》めたつもりは毛頭ない。もう少し直接《ちょくせつ》的な物言いをすればよかったかとクラウスは後悔《こうかい》する。

「しかし、こうして庶民《しょみん》の仕事に汗《あせ》を流すのも悪くありませんわ。物の見方が広がるというものです」

少女――この春から『ハンネマン』で働き始めたターヤ・パシコスキ・トルネが微笑《ほほえ》む。

「そうだね、いいことだと思うよ。その調子で大衆的なエルガの淹れ方も身につけてくれると俺《おれ》は嬉しいな」

「ええ。成果を見て頂《いただ》くためにも毎日お出ししますわ」

しばらく来るのを控えようかなどと考えていると、店の奥《おく》からレシーナが顔を出した。

「クラウスくん、イルミラから手紙が来てるわよー」

その手には、何やら封筒《ふうとう》が握《にぎ》られている。味も素《そ》っ気《け》もない、本当に封筒としか表現《ひょうげん》しようのない封筒だ。

「え、俺宛《あて》にですか？」

「うん、そうよ。是非《ぜひ》読んであげて」

レシーナが、柔《やわ》らかい笑顔《えがお》を見せながらクラウスに手紙を渡《わた》してくる。

「……分かりました」

頷《うなず》くと、クラウスは受け取った封筒をびりりと破《やぶ》き中に入っていた便箋《びんせん》を取り出した。

「んーと、拝啓《はいけい》クラウス・マイネベルグ様、あー拝啓とかめんどくさいのでやめます。別にちゃんとした書き方知らない訳《わけ》じゃないんだからね……あーこりゃ知らないな」

決して上手《うま》くはない字が、便箋をびっしりと埋《う》め尽《つ》くしている。


——修行《しゅぎょう》の旅に出て早くも一か月が経《た》ちました。あちこちの美味《おい》しい食べ物とか美味しいお酒を満喫《まんきつ》する毎日です。いや、別に食べてばっかりじゃないよ。ちゃんと魔術格闘《まじゅつかくとう》の稽古《けいこ》もしてるんだから。この前なんて道場破りして勝っちゃったんだし。すごいでしょ！

不思議なのが、旅に出てからこの方一度もナンパされてないこと。おっかしーなぁ、都《みやこ》育ちのきゃわい子ちゃんが歩いてるっていうのに。魅力的《みりょくてき》すぎて声をかけ辛《づら》いのかしらー。……ちょっと、何笑ってるのよ。分かるんだからねー？　帰ったらシバキ一発決定。まあ、広い世界を見たくて旅に出てみたわけだけど、うーん正解《せいかい》だったって感じ？　戻《もど》る頃《ころ》には一回り大きくなって戻るからね。

本当は戻って、試験の応援《おうえん》してあげたかったんだけどねー……。ちょっと間に合いそうにないので、手紙でごめんっ。

というわけで（どういうわけだ）、頑張《がんば》りなさいよー。大丈夫《だいじょうぶ》、さすがに五回目にもなれば大丈夫よ。まぐれか何かで通っちゃうから。

……あれ、六回目だったっけ？　それとも七回目？　ま、まあそんなことはどちらでもいいわ。合格《ごうかく》すればいいのよ合格すれば！

戻ったときには、ちゃんとした鎖《くさり》を首に巻《ま》いたクラウスに会えることを楽しみにしています。

あなたの、ともだち　　　イルミラ・ハンネマン

「何て書いてあったのかしら？」

顔を上げると、レシーナが向かいの椅子《いす》に座《すわ》っているのが目に入ってきた。

「んーと……」

色々書いてあったが、内容《ないよう》を要約するのは割合簡単《わりあいかんたん》だと思う。

「試験、頑張れだそうです」

「あらあら」

レシーナがまた笑顔になる。先程《さきほど》とは若干違《じゃっかんちが》う、何か予想外のことに出会えたような喜びを感じる。

「読みます？」

レシーナに手紙を差し出す。

「いえ、遠慮《えんりょ》しておくわ」

しかし、レシーナは首を横に振《ふ》った。

「それはクラウスくんに届《とど》いた手紙なんだから、クラウスくんが大事にしてちょうだい」

「は、はあ。分かりました」

やや予想外な反応《はんのう》に戸惑《とまど》いつつ、とりあえず言われたとおりに手紙をしまう。

「よし、それじゃそろそろ……」

クラウスが立ち上がろうとしたところで、外から何者かが入ってきた。

「どうしたクラウス、荷物をまとめて田舎《いなか》に帰るんじゃなかったのか。試験に落ちた衝撃《しょうげき》の余《あま》りヘールサンキから逃亡《とうぼう》するらしいともっぱらの噂《うわさ》だぞ」

「試験は明日だぞこのたわけ」

「まあ一日二日のずれは許容範囲《きょようはんい》だろう」

嘗《な》めた仕草で嘗めたことを言ってくるこの男は、ルドルフ・シェンルー。王国警察官であり、クラウスとに、いちいち説明するのも面倒《めんどう》くさいような間柄《あいだがら》である。

「こんにちは、レシーナさん。お元気ですか？　今日もお美しい」

「あらあら。ありがとう」

「昨日『シナーの祭典』に行ってきたのですが、点灯詠唱《ホーリーライト》がよく見えるところを見つけたのです。今晩《こんばん》ご一緒《いっしょ》にいかがですか？」

「ごめんなさい。今日も明日も仕事なの」

毎度のように、レシーナを口説《くど》こうとして見事に失敗している。もう日常的《にちじょう》すぎる光景で、いちいち突《つ》っ込《こ》む気にもなれない。

「仕事しろよ仕事。でかいヤマがあるとか何とか言ってたじゃないか」

「ああ、それがなぁ。結局国外に逃《に》げられちまった。王国近衛《このえ》軍に協力してもらったんだが、本気で逃げに入られるとどうしようもないな」

煙《けむ》り草に火をつけながらルドルフが言う。

「ん、もしかして例のサビーネ様一味か」

「ご明察。どうもインフレイル族長国の方にいっちまったみたいだ。正式な国交はないし事実上ここで打ち止めだな」

残念そうなルドルフ。珍《めずら》しく、警官《けいかん》らしく見える。

「税金泥棒《ぜいきんどろぼう》も大概《たいがい》にしろよ。国民の役に立たないか公僕《こうぼく》」

しかし警官らしいと誉めると調子に乗ることは明白なのでけなしておく。

「とりあえず社会に害をなす危険性《きけんせい》のある自称詠唱士志望者《じしょうえいしょうししぼうしゃ》の予《よ》防逮捕《ぼうたいほ》から始めるか」

「少なくともお前よりは無害な自信がある。さて、明日の準備《じゅんび》もあるし俺は帰るぞ。いい加減《かげん》ツケるのやめて代金払《はら》えよ」

「大きなお世話だ。……まあ頑張《がんば》れよ。友人がいつまでも落選続きじゃ俺も据《す》わりが悪い」

「ありがとさん」

適当《てきとう》な会釈《えしゃく》をすると、クラウスは代金を置き、立てかけてあった杖《つえ》を手にして立ち上がった。

「応援《おうえん》してるわ、クラウスくん」

「先生、必ずや合格《ごうかく》してくださいね」

「ええ、全力を尽《つ》くしますね。二人の応援、本当に嬉《うれ》しく思います」

二人には丁寧《ていねい》な会釈を返す。ごく自然で当然な使い分けだ。

「おい、俺の応援は嬉しくないのか」

「それでは失礼します」

むくれるルドルフを放置すると、杖を片手《かたて》にクラウスは店を後にした。


よく晴れた空の下、クレメンテ通りは今日も賑《にぎ》わっていた。

『スモールロッドの変』に始まり、周辺国家からの圧力や牽制《けんせい》が幾度《いくど》となく冬から春にかけて行われたが、このクレメンテ通りの盛《さか》りぶりは変わらない。

これはひとえに、国王の適切な対応《たいおう》・施策《しさく》とそれに伴《ともな》う民心の安定によるものだ。人が違《ちが》ったように国政《こくせい》へ熱心に取り組み始めたラムリア・ピスロメン・コティペルトは、このまま行けば歴史に残る名君となるだろうというのが、国民だれしもが考えていることである。

人混《ひとご》みをかき分けながら歩いていると、

「クラウスさーん！」

クラウスは誰《だれ》かに呼《よ》び止められた。

「ん？」

声の主を探《さが》すが、道行く人に紛《まぎ》れてしまっているのかどこにも見えない。

「ここです、ここ！」

視界《しかい》のやや下から声がした。

「あ、そこにいたのか」

クラウスのすぐ側《そば》に、トピーアがいた。

「まさか小さくて見えなかったとか言ったりしないでしょうね」

「そ、そんなことないよ」

「へーえ」

誤魔化《ごまか》そうとしたがばればれだったらしい。トピーアの頬《ほお》がみるみるうちに膨《ふく》らんでいく。

「いや、その……」

「相変わらずクラウスさんは嘘《うそ》をつくのが下手ですね」

そう言うと、トピーアはにやりと笑った。

「ううむ、情《なさ》けない。……ああそうそう。トピーア、改めておめでとう」

「あ、ありがとうございます」

これまでのものとは色が違う『愚者の鎖《バスタードチエイン》』を指でいじりながら、トピーアが照れくさそうに笑う。

「いやー、また記録作っちゃったね。史上最年少の最上級階層《マジエスティ》かぁ」

「いえいえ、まだまだこれからです」

つい最近、トピーアは国王から直々《じきじき》に最上級階層《マジエスティ》を拝命《はいめい》した。言うまでもなく、トピーアの年齢《ねんれい》で最上級階層《マジエスティ》の栄誉《えいよ》に与《あずか》るのはこれまでになかったことである。

年が変わってから勃発《ぼつぱつ》した、デスタメール帝国《ていこく》の間諜侵入事件《かんちようしんにゆうじけん》において果たした大きな役割《やくわり》が評価《ひようか》に繋《つな》がったというのがもっぱらの見方だ。

「なんだろう、トピィがどんどん遠くへ行っちゃうなあ」

「そんなことないです。クラウスさんならじきに追いつけますよ……って」

そこまで言ってから、トピーアははたと手を打った。

「もしかして、明日一次試験じゃないですかっ？」

「うん、そうだね」

「気合いですよっ。クラウスさん、自分を信じてくださいっ。まあ、一応準詠唱士《いちおうじゆん》ですしある程度《ていど》優遇《ゆうぐう》されるとは思いますが」

トピーアは両の手で握《にぎ》り拳《こぶし》を作った。子供《こども》っぽい仕草だが、とても励《はげ》まされる。

「ありがとう。期待に応《こた》えられるよう最善《さいぜん》を尽《つ》くすよ」

「ええ。頑張《がんば》ってください！……あ、そうだそうだ。二次試験の虎《とら》の巻《まき》も、また今度伝授《でんじゅ》してあげますね」

「気が早いよ、まだ通るかどうかも分からないのに……」

「いえいえ、クラウスさんが通るのはもう確定事項《かくていじこう》です。ああ、お祝いも用意しておかないとなー」

どこまでも先へ先へと話を進めていくトピーア。思わず苦笑《くしょう》してしまう。

「とりあえず、それらしいものを見繕《みつくろ》ってきますねっ」

「別に、わざわざ今しなくても……」

「いえ、こういうことは早め早めにするのが一番なんです！じゃ、またっ」

さっと手を上げるとトピーアは軽い足取りで駆《か》けだしていった。

と、いうことは。

「うわっ⁉」

こうなる。

「あちゃあ……」

通行人が多数いる場所で、ど派手《はで》に転んでしまっている。

可哀想《かわいそう》だが、恥《は》ずかしいので他人の振《ふ》りをして立ち去ることにした。

若干《じやつかん》遠回りをしながら、家への道を辿《たど》る。

王国詠唱士《えいしようし》になったら速《すみ》やかに引っ越《こ》したいものである。遠い脆《もろ》い古いの三拍子揃《さんびようしそろ》った家で五年以上に亘《わた》ってたった一人で――ごく僅《わず》かな間、同居人《どうきよにん》がいたわけだが――耐《た》え抜《ぬ》いた自分を誉《ほ》めてやりたい。

裏通《うらどお》りから、裏通りへクラウスは歩く。転んだトピーアを避《さ》けたばっかりに、えらくややこしい道筋《みちすじ》を通ることになってしまった。

さすがに昼間からそういるとは思えないが、裏通りにはあまりよろしくない素性《すじよう》の人間が溜《た》まっていたりする。安易《あんい》な路線変更《へんこう》をした自分を少しだけ後悔《こうかい》する。

ようやく、行き先に本通りと合流できそうな場所が見えてきた。ついつい、小走りになってしまう。

それが間違《まちが》いだった。

「うわっ!?」

本通りに出た途端《とたん》、横合いから来た何かと激突《げきとつ》したのだ。

盛大《せいだい》に地面にひっくり返る。さっきのトピーアの比《ひ》ではない、こっちの方がよっぽど恥《は》ずかしい。

起き上がると、地面に果物がごろごろと転がってしまっていた。多分、ぶつかった相手のものだろう。

「す、すいません」

慌《あわ》てて拾い集める。

「……まったく、気をつけてくれないと困《こま》るのう」

「あっ……」

顔を上げる。

そこには、金色の髪《かみ》を持つ一人の少女がしゃがみ込んでいた。

「お主、なぜあんなところから現《あらわ》れたのだ」

エルリーだった。膝《ひざ》の上に肘《ひじ》を置き、手の平で頬《ほお》を支えるという姿勢《しせい》でクラウスの方を見ている。

「いやあ、それは……」

何というか、大変説明しづらい。

「まあよい、少し一緒《いっしょ》に歩こうか」

窮《きゅう》するクラウスにそう言うと、かごを持ったエルリーは先に立って歩き始めた。

「あ、ちょっと待ってくれよ」

果物を慌てて全《すべ》て拾うと、クラウスはその背中《せなか》を追いかける。


「どう、最近の検査《けんさ》の結果は？」

「うむ。良好らしい。失った魔力《まりょく》はもう戻《もど》らないそうだが、ひとまず日常《にちじょう》生活を送る必要最低限《さいていげん》なものは残っているとのことだ」

あの事件《じけん》の後。エルリーは奇跡《きせき》的に一命を取り留《と》めた。治癒《ちゆ》を任《まか》されたガス・ナイトレイジの尽力《じんりょく》によるところも大きいが、魔力減少《ジェイデッド》がぎりぎりのところで止まったのはほとんど運でしかなかったようだ。

「あの爺《じい》さんがしきりとお主に会いたがっておったぞ。たまには顔を出してやったらどうだ」

「行くと酒に付き合わされるしなあ」

「わしでよければ相手をするぞと言ったのだが、女ではいかんらしい。とんだ差別主義者《しゅぎしゃ》だ」

もちろん、こうして元通りに話せるようになるまでにはかなりの時間がかかった。最初のうちは、ベッドから起き上がるのもままならないほどだったのだ。

「まぁエルリーに酒は飲ませないのが正解《せいかい》だね」

「ええい、からかうでない」

いつも通りの、エルリーである。

――しかし、失う物が何もなかったと言うと嘘《うそ》になる。

「最近また飲んでるらしいじゃないか。控《ひか》えないとダメだぞー」

「なに、あれしきのことは何ともない。酔《よ》っぱらうこともできんな」

「ああ⁉ 誰が酔っぱらいだと！」

突然、横合いから怒鳴《どな》り声が聞こえてきた。

「おい、何知らない振《ふ》りしてるんだ！ お前らだよお前ら！」

赤ら顔の中年男性《だんせい》が、怒鳴り声の発生源《げん》である。それほど近くないのに、酒の匂《にお》いがぷんぷんしている。

「昼間っからいちゃつきやがって！ ふざけんなよ⁉」

昼間から酒を飲んでいる割《わり》に、随分偉《ずいぶんえら》そうである。

「行こう、クラウス」

エルリーが袖《そで》を引いてくる。

「うん、そうだね」

関《かか》わり合いになっても損《そん》するだけである。クラウスは中年男性を放置して先へと進んだ。

「待てよ、馬鹿《ばか》にしてんのか！」

しかし男はしつこかった。二人の後を追いかけ、あろうことかエルリーの腕《うで》を摑《つか》んだのだ。

「何をする、放《はな》さぬか！」

エルリーがもがく。しかし、男の力はかなり強いらしくふりほどくことが出来ない。

通行人達は、みんな見て見ぬふりをして通り過《す》ぎていく。薄情《はくじょう》なものだ。

「お前、よく見ると可愛《かわい》いじゃないか。ちょっと、来いよ」

男が、エルリーのことを抱《だ》きすくめようとする。

『御名《みな》は風神オリヴィウス、其《そ》は吹《ふ》きすさぶ天空の使者、すなわち疾《はや》き蒼穹《そうきゅう》の覇者《はしゃ》！』

クラウスは詠唱《えいしょう》すると、杖《つえ》を男の胸《むね》に突《つ》きつけた。

『眩《まばゆ》きその所作その力、いざ我《わ》が前に顕《あらわ》し示《しめ》せ！』

出来る限《かぎ》り力を加減《かげん》するように気をつけながら、詠唱を発動する。

「ぐわあああ」

男は吹《ふ》っ飛び地面を転がった。

「ち、ちくしょう……おぼえてやがれ！」

月並《つきな》みにも程《ほど》がある台詞《せりふ》を吐《は》き捨《す》てると、男はすたこらと逃《に》げ去ってしまった。

「すまぬ、手間をかけさせた……」

エルリーが、うなだれる。

「気にすることないよ」

その頭を、クラウスはわしゃわしゃと撫《な》でる。

これが、エルリーの失った物である。

大量の魔力を喪失《そうしつ》した結果、それまでの『魔転《イーヴライズド》』の後では最上限《さいじょうげん》まで回復《かいふく》していた魔力が、全く回復しなくなってしまったのだ。

原因《げんいん》は不明である。おそらくは体内の魔力回路に極端《きょくたん》な負荷《ふか》がかかってしまったため異《い》常《じょう》が発生したのだろうが、原理がよく分からないため治療《ちりょう》はほぼ不可能《ふかのう》だそうである。

というわけで、エルリーは得意の魔力解放《かいほう》はおろか詠唱の類《たぐい》さえも一切《いっさい》使えなくなってしまったのだ。

「どうしよう、『ハンネマン』まで送ろうか？」

「うむ、すまぬな」

「いいっていいって」

「……ありがとう」

エルリーはかごを持ち換《か》えてクラウス側の手を空けると、すっと手を握《にぎ》ってきた。

「……ん」

恥《は》ずかしかったが、クラウスはその手を握り返した。

エルリーの手はすべすべしていて、少し小さかった。


「ここのことを覚えているか？」

エルリーがそう言ったのは、とある小さな公園の前でのことだった。

「ここは……」

記憶《きおく》が鮮《あざ》やかに甦《よみがえ》る。

「エルリーが酔っぱらって吐きそうになったところだね」

言い終わった瞬間《しゅんかん》思いっきり手の平をつねられた。

「いたたた！」

「たわけが。そういう思い出し方をするでない」

むすっとそう言うと、エルリーは手を離《はな》した。

「どこかな、確《たし》かこの辺だったはずだが……」

言いながら、公園の中を歩き回る。何を、捜《さが》しているのだろうか。

「あ、ここだここだ。クラウス、来るがよい」

エルリーが手招《てまね》きをしてくる。首を傾《かし》げながら、クラウスもそこに移動《いどう》してみる。

「こうだ、こっち向きに座《すわ》るのだ」

「何、どうしたのさ？」

「いいから早くっ」

促《うなが》されるままに、地面にそのまま座る。

「よし、これでいい」

そんなクラウスと背中《せなか》合わせに座ると、エルリーはもたれかかってきた。

「あ、なるほど……」

ようやく思い当たった。あの日、酔《よ》い潰《つぶ》れたエルリーを運んだ月の夜、二人は確かこうして座っていたはずだ。

「懐《なつ》かしいのう」

エルリーが呟《つぶや》く。

「うん……」

あれは確か去年の詠唱士《えいしょうし》一次試験の直後のことだから、もう一年ほど経《た》ったということか。

ふっ、と。色々な思い出がクラウスの胸《むね》を去来する。

色々なことがあった。辛《つら》い思いもした、楽しいこともあった、二度と立ち直れないかというほどに落ち込《こ》んだこともあった。

そんな経験《けいけん》が、自分の糧《かて》になったと思う。一年前の自分と今の自分は、随分《ずいぶん》と違《ちが》うのではないだろうか。

「のう、クラウス」

クラウスが物思いにふけっていると、エルリーが話しかけてきた。

「何かな」

「お主、怖《こわ》くないのか？」

「怖い？　何が？」

「試験、明日なのだろう」

「ああ」

エルリーも、やはり心配してくれていたらしい。

「自分でも不思議なんだけど」

そう前置きして、クラウスは本音《ほんね》を告げた。

「これっぽっちも、怖くないんだ」

「ほう」

背中越《ご》しに、エルリーが頷《うなず》いた感覚が伝わってきた。

「むしろ、わくわくしてる。今まで練習したことを力一杯発揮《いっぱいはっき》できると思うと、ね」

嘘偽《うそいつわ》りのない、事実である。

これまで、試験前日にこんな気分になることはなかった。いつも、押《お》し潰されそうな不安に耐《た》えきれず怯《おび》えていたのに。

「そうか。立派《りっぱ》になったものだ。自信がない、駄目《だめ》だダメだと繰《く》り返していたあの頃《ころ》のお主はどこへ行ったのやら」

エルリーの声は、何とも嬉《うれ》しそうだ。

「よし。そんなお主に褒美《ほうび》をやろう」

「褒美？」

「必ず試験に通るまじないだ。魔力はなくなったが効《き》き目は保証《ほしょう》する」

「ほほぅ」

少しだけ、エルリーが動く感触《かんしょく》。

「目を閉《と》じて、じっとしているとよい」

「うん」

言われたとおりにする。

背中から、エルリーの感触が離《はな》れた。何かしようとしているのか。

しばらくの静寂《せいじゃく》。おまじないという割《わり》に、呪文《じゅもん》の類《たぐい》は聞こえてこない。

クラウスがおかしいなと思い出したその時、唐突《とうとつ》におまじないは実行された。


唇《くちびる》に、何かが触《ふ》れた。


「……っ」

反射《はんしゃ》的に目を開ける。すぐ近くに、エルリーの顔がある。その唇は、クラウスの唇に重ねられていた。

ぱちりとエルリーが目を開け、続いて唇を離す。

「全く、こういう時には目を閉じるものだろうに」

立ち上がると、エルリーは腕《うで》を組んだ。その顔は若干《じゃっかん》不満げである。

「次までに、そういう機微《きび》について勉強しておけ。わしの方が進んでいるとは、なんたる情《なさ》けなさ」

「え、あ、う、あ」

「これしきのことで惚《ほう》けるとは、だらしのないことだ。……ではわしはもう行くぞ」

かごを抱《かか》えると、エルリーは歩いて行ってしまった。

ぽつんと一人残される。自分を襲《おそ》った事態《じたい》が理解《りかい》できない。

たっぷり、ルドルフが煙《けむ》り草を一本吸《す》いきる位の時間を経《へ》て、ようやくクラウスは正気を取り戻《もど》した。

「……が、が、頑張《がんば》るか」

内側から、無限《むげん》とも言えそうな力が湧《わ》き上がってくる。

すっくとクラウスは立ち上がった。明日の試験は通る、初めてそんな確信《かくしん》を自分で持った。

さあ、帰ってもう一度試験範囲《はんい》をおさらいしなおそう。自作詠唱《えいしょう》にしても、根幹《こんかん》から再《さい》度《ど》構成《こうせい》を見直して——

「これは面白《おもしろ》い物を見てしまったぞ」

いや、その前にやらなければならないことがある。

「さて、早速編集《さっそくへんしゅう》会議にかけてみよう」

草むらから現《あらわ》れた、新進巷談雑誌《こうだんざっし》の新人記者をとっつかまえて、黙《だま》らせるのだ。

「何でお前はこんな所にいるんだギルビー！」

全てを差し置いて優先すべき事態である。

「ネタになりそうなものを見たら追え。我《わ》が『ブラインドハウス』編集部の掟《おきて》です」

言いながら、ギルビーは脱兎《だっと》の勢《いきお》いで逃《に》げ出す。

「待て、待つんだ。俺《おれ》とエルリーなんて身内過《す》ぎる話題じゃ誌面の賑《にぎ》わいにも……」

「火のないところに油と『灼焔の青嵐《ファイヤーウインド》』をぶち込む。我が『ブラインドハウス』編集部の掟です」

「報道倫理《ほうどうりんり》とかないのか！　やめろやめてくれ！」

必死にクラウスが追いかける。しかし、どこで鍛《きた》えたのかギルビーの逃げ足はこそ泥《どろ》もかくやというほどの速さである。

「勘弁《かんべん》してくれえええ」

クラウスの絶叫《ぜっきょう》が、平和な昼下がりの空に反響《はんきょう》する。

空には、月が出ていた。光を放たず、模様《もよう》の一つとして同化している真昼の月が。
月は、クラウスを見守るかのように、雲の合間から大地を見下ろしていた。

［完］

あとがき

どうもみなさん、尼野《あまの》です。

このたび、ムーンスペルシリーズの最終巻「あの日と同じ月の下で」を発行することが出来ました。

右往左往《うおうさおう》の日々でしたが、ここまで辿《たど》り着けて本当に嬉《うれ》しく思います。

はてさて、毎度のことながら色々なことを書こうと思っていたのにいざ書くとなると思いつきません。

今感じていることを書けばいいのかも知れませんが、さて今感じているのは何だろうというと「ああ腹減《はらへ》った松屋に行きたい」という非常に個人的かつ身も蓋《ふた》もないことです。しかも後書きを書き上げないと松屋には行けないというこの厳《きび》しさ。もっと感傷的《センチメンタル》で繊細《デリケート》な気分だったら、シリーズのラストにふさわしい愛と感動の後書きを書けたかもしれないのにっ。とほほ。

ああ空腹感がどんどん強くなっていきます。しかし手元にはキシリトールしかありません。さすがにこれで空腹を紛《まぎ》らわせるのは難《むずか》しいでしょう。

……いや待てよ。確《たし》か小学校の給食だよりか何かに、「噛《か》めば噛むほど脳《のう》の満腹中枢《ちゅうすう》が刺激《しげき》されて満腹になる」みたいなことが書いてあったような気がします。

キシリトールは、いわばガム。沢山《たくさん》噛むことを前提《ぜんてい》として作製されたものであることは間違《まちが》いありません。噛んで噛んで噛みまくれば空腹も紛れ、読む人を感動の渦《うず》に叩《たた》き落とす名文が書けるに違いない。やった！　試してみない手はないぜ！　レッツキシリトール！

というわけで一気に七個くらい口に放り込んでみましたがやめておけばよかった。一噛みした途端《とたん》に歯磨《はみが》き粉《こ》風味がじゅわと口の中を満たしました。勘弁《かんべん》して下さい。

今見たら、「一回二粒《ふたつぶ》を五分間」とか書いてあります。ああ三・五倍もの量を摂取《せっしゅ》してしまいました。歯が丈夫《じょうぶ》になるどころか腹を壊《こわ》しそうです。勢《いきお》いでこんなことするものじゃないですね。とほほ。

さて、口の中のキシリトールもそれなりに小さくなってきたので、そろそろ本編へ入ろうと思います。ちなみにお腹《なか》は減ったままです。何の意味があったんだキシリトール。

シリーズをきちんとした形で完結させることが出来たのも、応援《おうえん》してくださった皆《みな》さんのおかげ。本当にありがとうございました。

ひじりさんの素敵《すてき》なイラストと、担当《たんとう》Mさんの素晴らしい助言にもムーンスペルシリーズを書き上げる上で大変お世話になりました。感謝《かんしゃ》感謝です。言葉じゃ到底言い表せません。

こうしてムーンスペルシリーズは一応の完結を迎《むか》えたわけですが、尼野ゆたかの冒険《ぼうけん》はまだ始まったばかりだぜ！　いやほんとに！　そうでないと困《こま》る！

というわけで、出来るだけ早いこと皆さんの前に再び頼《たの》まれもしないのに姿を現《あらわ》すべく全身全霊《ぜんれい》をかけて画策《かくさく》中です。いい方向に転ぶことをご期待《きたい》下さい。

ではでは。このシリーズに関わって下さった全ての方、このシリーズを楽しんで下さった全ての方に、自動販売機の釣《つ》り銭《せん》のところに指を入れたら百円玉が入っていたかのごときささやかな幸《しあわ》せが訪《おとず》れるように、非力ながらも祈《いの》りつつ、ここでひとまずのお別れです。

いずれ、また！

二〇〇六年四月一二日

尼野　ゆたか

『ムーンスペル！！』に出会ったのは、今から二年前。
いつも一生懸命で、悩んで、時には落ち込んで、それでも一歩ずつ成長していく心優しいクラウスと、不思議な魅力を持つエルリーに惹かれて、私も先のお話を読むのがとても楽しみでした。私としては生まれて初めての挿絵のお仕事で、毎回が勉強と新しい発見の連続で。
支えてくださった読者の皆様、尼野先生、担当のMさんにこの場を借りて感謝の気持ちを伝えさせていただけたらと思います。このお仕事に関われたことを心から幸せに思います。二年間本当にありがとうございました。
またどこかでお会いできることを願いつつ。　　2006年春　ひじりるか

富士見ファンタジア文庫

ムーンスペル!!
あの日《ひ》と同《おな》じ月《つき》の下《した》で
平成18年5月25日　初版発行

著者——尼野《あまの》ゆたか

発行者——小川　洋
発行所——富士見書房
〒102-8144
東京都千代田区富士見1-12-14
電話　営業　03(3238)8531
　　　編集　03(3238)8585
振替　00170-5-86044

印刷所——旭印刷
製本所——本間製本
落丁乱丁本はおとりかえいたします
定価はカバーに明記してあります
2006 Fujimishobo, Printed in Japan
ISBN4-8291-1828-8 C0193